이상한 나라의 앨리스

클래식 보물창고 1

이상한 나라의 앨리스

펴낸날 초판 1쇄 2012년 6월 25일
지은이 루이스 캐럴 | **그린이** 존 테니얼 | **옮긴이** 황윤영
펴낸이 신형건 | **펴낸곳** (주)푸른책들 | **등록** 제321-2008-00155호
등록 제321-2008-00155호
주소 서울특별시 서초구 양재천로7길 16 푸르니빌딩(양재동 115-6) (우)137-891
전화 02-581-0334~5 | **팩스** 02-582-0648
이메일 prooni@prooni.com | **홈페이지** www.prooni.com

ISBN 978-89-6170-281-2 04840
* 잘못된 책은 구입한 곳에서 바꾸어 드립니다.

© (주)푸른책들, 2012
* 이 책 내용의 일부 또는 전부를 재사용하려면 반드시
(주)푸른책들의 서면 동의를 얻어야 합니다.

이 도서의 국립중앙도서관 출판시도서목록(CIP)은 e-CIP홈페이지(http://www.nl.go.kr/ecip)와
국가자료공동목록시스템(http://www.nl.go.kr/kolisnet)에서 이용하실 수 있습니다.
(CIP제어번호:CIP2012002179)

보물창고는 (주)푸른책들의 유아, 어린이, 청소년 도서 전문 임프린트입니다.

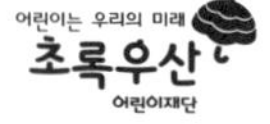

(주)푸른책들은 도서 판매 수익금의 일부를 초록우산 어린이재단에
기부하여 어린이들을 위한 사랑 나눔에 동참합니다.

Alice's Adventures in Wonderland

이상한 나라의 앨리스

루이스 캐럴 글 | 존 테니얼 그림 | 황윤영 옮김

보물창고

차례

황금빛 오후 내내
우리는 한가로이 강물 위를 떠도네.
조그만 팔로는 서투나마
부지런히 노를 젓고
조그만 손으로는 헛되나마
길을 안내하는 척하네.

아, 잔인한 세 아이들! 이와 같은 시간에,
이토록 꿈결 같은 날씨에,
가장 작은 깃털 하나도 날려 버리지 못할 만큼
숨결이 약한 이에게 이야기를 해 달라고 조르다니!
하지만 다 같이 졸라 대는 세 혀 앞에
가련한 목소리 하나가 무슨 소용 있으리?

도도한 첫째가 나서서
"시작하세요!" 명령하고,
둘째는 좀 더 상냥하게
"재밌는 말장난도 들어갔으면 좋겠어요!" 소망하고,
셋째는 일 분이 멀다 하고
이야기에 끼어드네.

이윽고 갑작스런 침묵이 찾아들고,
다들 상상 속으로 빠져들어,
즐겁고 새로운 이상한 나라에서

새나 짐승과 사이좋게 이야기를 나누며
이리저리 돌아다니는 꿈의 아이를 뒤쫓아 다니네.
얼마쯤은 그게 사실이라고 믿으며.

이야기가 바닥나고
상상의 샘이 말라
지친 이야기꾼이
이제 그만하려고 넌지시
"나머지는 다음에." 하고 말을 꺼내면
"지금이 다음이에요!" 하고 행복한 목소리들이 외치네.

이렇게 하여 이상한 나라의 이야기가 생겨났다네.
이렇게 서서히 하나씩 하나씩
기이한 사건들을 짜냈다네.
그리고 이제 그 이야기가 끝나자
우리의 신이 난 뱃사공들은
저물어 가는 햇살 속에서 노를 저어 집으로 돌아간다네.

앨리스! 너의 부드러운 손으로
이 어린애 같은 이야기를 받아서
어린 시절의 꿈들이
기억의 신비로운 띠로 엮여 있는 그곳에 놓아두렴.
머나먼 나라에서 꺾어 온
순례자의 시든 화환처럼.

제1장
토끼 굴속으로

앨리스는 강둑에서 언니 옆에 앉아 아무 일 없이 우두커니 있는 것이 슬슬 지겨워지기 시작했다. 한두 번 언니가 읽고 있는 책을 슬쩍 넘겨다봤지만 그 책에는 그림도 대화도 없어서, 앨리스는 '그림도 대화도 없는 책을 대체 어디에다 쓴담?' 하고 생각했다.

그래서 앨리스는 마음속으로 따져 보았다.(날이 더워 몹시 졸리고 멍한 탓에 그것도 아주 열심히 따져야 했다.) 과연 자리에서 일어나 데이지 꽃을 따는 수고를 할 만큼 데이지 꽃목걸이를 만드는 일이 즐거운 일인지 아닌지를. 그런데 바로 그때 분홍색 눈의 흰토끼가 앨리스 바로 옆을 뛰어갔다.

그건 별로 놀랄 만한 일이 아니었다. 토끼가 "오, 이런! 오, 맙소사! 이러다 많이 늦겠어!" 하고 혼잣말을 해도 앨리스는 그

다지 이상하다고 생각하지 않았다.(나중에 곰곰이 생각해 보니 그 일을 이상하게 여기는 게 당연했지만, 그때는 토끼가 말을 하는 것이 아주 자연스러운 일 같았다.) 토끼가 '양복 조끼 호주머니에서 시계를 꺼내' 시계를 보고는 부랴부랴 달려갈 때에야 비로소, 호주머니 달린 양복 조끼를 입거나 양복 조끼 호주머니에서 시계를 꺼내는 토끼를 본 적이 없다는 생각이 번뜩 뇌리를 스쳤다. 그래서 자리에서 벌떡 일어났다. 호기심에 불타오른 앨리스는 토끼를 쫓아 들판을 내달렸고 운 좋게도 토끼가 울타리 아래의 커다란 토끼 굴속으로 쏙 들어가는 모습을 아슬아슬하게 포착할 수 있었다.

다음 순간 앨리스도 토끼를 따라 굴속으로 뛰어들어갔다. 어떻게 다시 밖으로 나올 것인지는 전혀 생각지도 않았다.

토끼 굴은 얼마간 터널처럼 곧게 쭉 뚫려 있었다. 그러다가 갑자기 아래쪽으로 푹 파여 있었는데, 앨리스는 너무나 갑작스러워 미처 걸음을 멈출 생각을 할 겨를도 없이 어느새 깊은 우물 같은 곳 아래로 떨어지고 있었다.

밑으로 떨어지는 동안 주위를 둘러보며 다음엔 무슨 일이 벌어질지 궁금해할 수 있을 정도로 시간이 많았던 것을 보면, 그 우물 같은 굴이 아주 깊든지 아니면 앨리스가 정말 천천히 떨어지는 모양이었다. 처음에 앨리스는 아래를 내려다보며 자신이 어디로 떨어지게 될지 알아보려 했지만 워낙 캄캄해서 아무것도 보이지 않았다. 그래서 앨리스는 옆을 둘러보았는데 벽면은 찬장과 책장으로 가득했다. 여기저기에 못으로 지도와 그림이 걸려 있었다. 앨리스는 떨어져 내려가면서 선반에서 단지 하나를 집어 들었다. 그 단지에는 '오렌지 마멀레이드'라는 표가 붙어 있었지만 대단히 실망스럽게도 텅 비어 있었다. 앨리스는 단지를 떨어뜨리면 밑에 있는 누군가가 맞아 죽을까 봐 걱정스러워 선반 하나에 간신히 그 단지를 올려놓았다. 그리고 속으로 생각했다.

'그래! 이렇게 떨어져 봤으니 계단에서 굴러떨어지는 것쯤은 아무렇지도 않겠어. 집에 돌아가면 다들 나를 얼마나 용감하다고 생각할까! 아무튼 난 이제 지붕 꼭대기에서 떨어지더라도 입도 벙긋 안 할 거야!'(정말로 그럴 것 같았다.)

아래로, 아래로, 아래로. 계속 이렇게 떨어지기만 하고 결코 끝나지 않는 게 아닐까?

"지금쯤 몇 킬로미터나 떨어졌을까?"

앨리스가 큰 소리로 말했다.

"이제 지구 중심 근처쯤 될 거야. 어디 보자. 육천 킬로미터 넘게 떨어진 것 같은데……(앨리스는 학교에서 수업 시간에 이런 종류의 지식 몇 가지를 배웠는데 지금은 들어주는 사람이 하나도 없어서 자신의 지식을 뽐내기에 좋은 기회가 아니었다. 하지만 그래도 그것을 되풀이해서 말하는 것은 좋은 연습이었다.) 맞아, 거리는 그쯤 되는 것 같아. 하지만 지금 여기의 위도와 경도는 얼마지?"(앨리스는 위도와 경도가 뭔지 전혀 몰랐지만 말하기에 아주 근사한 단어라고 생각했다.)

앨리스는 곧 다시 말하기 시작했다.

"이렇게 떨어지다 지구를 뚫고 나가진 않을까? 머리를 아래로 향한 채 거꾸로 걸어다니는 사람들 사이로 내가 불쑥 튀어 나가면 얼마나 웃길까! 그래, 그걸 '대치점'(*지구의 중심을 지나 반대쪽에 있는 지점인 '대척점'을 잘못 말한 것이다. 이하 *표시—옮긴이 주)이라고 하는 것 같았는데……."(전혀 올바른 단어 같지 않았기 때문에 이번에는 아무도 듣는 사람이 없어서 오히려 기뻤다.)

"그래도 그 사람들에게 어느 나라인지 물어봐야겠지. '저기요, 아주머니, 여기가 뉴질랜드인가요? 아니면 오스트레일리아인가요?'"(그 말을 하면서 앨리스는 무릎을 굽혀 공손히 절하려 했다. 상상해 보라! 공중에서 떨어지는 가운데 무릎을 굽혀 절하는 모습이라니! 과연 그게 제대로 됐겠는가?)

"그런데 그런 걸 묻는다고 아주머니가 나를 엄청나게 무식한 꼬마로 생각할지 몰라! 안 돼, 그런 질문은 절대 해서는 안 돼. 그냥 어딘가에 그 나라 이름이 적혀 있겠지."

아래로, 아래로, 아래로. 앨리스는 달리 할 일이 하나도 없어서 이내 다시 재잘거리기 시작했다.

"다이너가 오늘 밤 나를 얼마나 많이 보고 싶어 할까!"(다이너는 고양이다.)

"사람들이 차 마시는 시간에 다이너한테도 우유를 챙겨 줘야 할 텐데. 사랑스런 다이너! 네가 나랑 같이 여기에 있으면 얼마나 좋을까! 허공에는 쥐가 없어서 걱정스럽긴 하지만 박쥐는 잡을 수 있을 거야. 너도 알다시피 박쥐는 쥐와 많이 비슷하잖아. 그런데 고양이가 박쥐를 먹나?"

이쯤에서 앨리스는 약간 졸리기 시작해 꿈꾸는 투로 "고양이가 박쥐를 먹나? 고양이가 박쥐를 먹나?" 하고 계속 혼잣말을 중얼거렸다. 가끔은 "박쥐가 고양이를 먹나?" 하고 중얼거리기도 했는데 앨리스는 어느 쪽 질문에도 답할 수 없었으므로 앞뒤 단어를 바꿔서 질문한다고 해도 아무 상관이 없었다. 이제 앨리스는 꾸벅꾸벅 졸면서 꿈을 꾸기 시작했다. 꿈속에서 다이너와 손을 잡고 걸으며 아주 진지하게 "자, 다이너. 솔직히 말해 봐. 너, 박쥐를 먹어 본 적 있니?" 하고 물었다. 그때 갑자기 쿵! 쾅! 하며 나뭇가지와 마른 나뭇잎 더미 위로 떨어지며 앨리스의 추락이 끝났다.

앨리스는 조금도 다치지 않았고 곧바로 벌떡 일어났다. 위를 올려다봤지만 위는 완전히 캄캄했다. 바로 앞에 긴 통로가 하나 있었는데 흰토끼가 급하게 통로를 뛰어가는 모습이 눈에 들어왔다. 우물쭈물할 겨를이 없었다. 앨리스는 바람처럼 흰토끼의 뒤를 쫓았다. 흰토끼가 모퉁이를 돌며 "오, 내 귀와 수염, 너무 늦겠어!"라고 말하는 소리를 겨우 들을 수 있었다. 앨리스가 토끼 뒤를 바짝 따라가 모퉁이를 돌았지만 토끼는 더 이상 보이지 않았고, 어느새 앨리스는 낮은 천장에 줄지어 매달린 등불로 불을 밝힌 긴 복도에 와 있었다.

복도에는 사방에 문들이 있었지만 모두 잠겨 있었다. 앨리스는 이쪽 끝에서 저쪽 끝까지 걸어다니며 문을 일일이 당겨 보았다. 그리고 슬픈 표정으로 어떻게 하면 여기에서 나갈 수 있을까 생각하며 복도 가운데로 걸어갔다.

문득 조그만 세발 탁자가 앨리스의 눈에 들어왔다. 온통 단단한 유리로 된 탁자였다. 탁자 위에는 조그만 황금 열쇠 하나만 달랑 있었는데, 앨리스는 그게 복도에 있는 문 가운데 하나를 여는 열쇠일지 모른다는 생각이 퍼뜩 떠올랐다. 하지만 정말 안타

깝게도 열쇠 구멍이 너무 크거나 열쇠가 너무 작아서 그 열쇠로 열 수 있는 문은 하나도 없었다. 그런데 다시 한 번 복도를 돌아보니 아까는 발견하지 못했던 나지막한 커튼이 눈에 띄었고, 그 커튼 뒤에는 높이가 40센티미터쯤 되는 작은 문이 있었다. 앨리스는 작은 황금 열쇠를 그 문의 열쇠 구멍에 넣어 보았는데 대단히 기쁘게도 딱 들어맞았다!

그 문을 열어 보니 쥐구멍만 한 작은 통로가 나타났다. 앨리스가 무릎을 꿇고 통로를 들여다보니 통로 저 끝에 생전 처음 보는 아름다운 정원이 있었다. 앨리스는 어두운 그곳 복도를 벗어나 화사한 꽃밭과 시원한 분수 사이를 돌아다니고 싶은 마음이

얼마나 간절했는지 모른다. 하지만 그 문으로는 앨리스의 머리
조차 빠져나갈 수 없었다.

'머리가 빠져나간다 할지라도 어깨가 빠져나가지 못한다면
무슨 소용이람. 아, 내 몸이 망원경처럼 접혀지면 얼마나 좋을
까! 어떻게 시작해야 할지만 안다면 할 수 있을 것도 같은데.'

가엾은 앨리스는 생각했다. 여러분도 알다시피 이제까지 별
난 일이 워낙 많이 일어나다 보니 앨리스는 이제 정말로 불가능
한 일은 거의 없다고 생각하게 되었던 것이다.

앨리스는 작은 문 옆에서 기다려 봤자 아무 소용이 없을 것
같아서 혹시나 유리 탁자 위에 또 다른 열쇠나 망원경처럼 사람
의 몸을 접어 넣는 법을 설명한 책이 놓여 있지 않을까 살짝 기
대하며 유리 탁자로 다시 돌아왔다. 이번에는 탁자 위에 작은 병
이 놓여 있었다.("아까는 분명 없었는데." 하고 앨리스가 중얼거
렸다.) 그 병의 목에는 종이 꼬리표가 달려 있었는데 거기에는
큼지막하고 멋진 글씨로 '나를 마셔요.'라고 적혀 있었다.

'나를 마셔요.'란 말에 아주 솔깃했지만 똑똑한 꼬마 앨리스는
급하게 마시려 들지 않았다.

"아니야. 병에 '독약' 표시가 있는지 없는지부터 먼저 살펴봐
야 해."

앨리스는 불에 데거나 사나운 짐승에게 잡아먹히거나 다른
불쾌한 일을 당한 아이들에 대한 짤막한 이야기를 몇 편 읽은 적
이 있었다. 그리고 그것은 모두 그 아이들이 '시뻘겋게 달아오른

DRINK ME

부지깽이를 너무 오래 들고 있으면 손을 데인다.'라든가 '칼에 손가락을 깊이 베이면 피가 난다.'라는 간단한 규칙을 떠올리지 않아서 생긴 일들이었다. 앨리스는 '독약' 표시가 된 병에 든 것을 많이 마시면 이내 몸에 탈이 난다는 가르침을 결코 잊지 않고 있었다.

하지만 그 병에는 '독약' 표시가 없었다. 그래서 앨리스는 용기를 내어 조금 마셔 봤는데 맛이 아주 좋아서(사실 그것은 체리 타르트, 커스터드 크림, 파인애플, 칠면조 구이, 태피 사탕, 버터 바른 뜨거운 토스트가 한데 섞인 맛이었다.) 금방 다 마셔 버렸다.

＊　　＊　　＊　　＊　　＊

"기분이 이상해! 내 몸이 망원경처럼 접혀지고 있나 봐!"

그런데 정말로 그랬다. 앨리스는 이제 키가 25센티미터 정도밖에 되지 않았는데, 그 멋진 정원으로 나가는 작은 문을 통과하기에 딱 알맞은 크기라는 생각이 들어 얼굴이 환해졌다. 하지만 먼저 자기가 계속해서 줄어드는지 보려고 몇 분 정도 기다렸다. 앨리스는 더 줄어들까 봐 다소 걱정하며 혼잣말했다.

"이러다 다 타 버린 양초처럼 완전히 없어져 버릴지도 몰라. 그러면 난 어떻게 되는 거지?"

앨리스는 그런 걸 본 기억이 없어서 양초가 다 타 버리고 나면 어떻게 될까 상상해 보았다.

잠시 뒤 몸이 더 이상 줄어들지 않는다는 사실을 확인한 앨리스는 곧바로 정원으로 나가 보기로 결심했다. 하지만 저런! 딱하게도 앨리스는 정원으로 나가는 작은 문 앞에 이르러서야 작은 황금 열쇠를 가지고 오지 않았다는 사실을 깨달았다. 열쇠를 가지러 다시 유리 탁자로 돌아갔지만 몸이 줄어들어 버려서 유리 탁자에 손이 닿지를 않았다. 유리를 통해 그 열쇠가 빤히 보여서 탁자의 다리를 타고 올라가려고 애를 써 보았지만 너무나도 미끄러웠다. 그렇게 애를 쓰다 녹초가 되어 버린 앨리스는 자리에 털썩 주저앉아 울음을 터뜨렸다.

"뚝! 이렇게 울어 봤자 아무 소용없잖아!"

앨리스가 다소 날카롭게 자신을 나무랐다.

"충고하는데 당장 그치는 게 좋을걸!"

앨리스는 대개 자신에게 아주 좋은 충고를 하고는 했는데(그 충고를 따르는 일은 거의 드물었지만) 가끔은 눈물이 쏙 빠질 정도로 자신을 호되게 꾸짖기도 했다. 별난 이 아이는 혼자서 두 사람인 척 역할 놀이하는 것을 무척 좋아했다. 한 번은 혼자서 공수 양측을 다 맡아 크로케 경기를 하다가 자기 자신이 상대방 역할을 하는 자신을 속였다는 이유로 자기 뺨을 때린 적도 있었다.

'하지만 지금은 두 사람인 척해 봤자 아무 소용없어! 꼴이 이래서 온전한 '한' 사람 노릇도 못하는 주제에!'

불쌍한 앨리스는 생각했다.

잠시 후 앨리스의 눈길이 유리 탁자 아래에 놓여 있는 작은 유리 상자에 가 닿았다. 상자를 열어 보니 아주 작은 케이크가 들어 있었는데 '나를 먹어요.'라는 글씨가 건포도로 아름답게 쓰여 있었다.

"그래, 이 케이크를 먹는 거야. 이 케이크를 먹고 내가 커진다면 열쇠에 손이 닿을 거야. 더 작아진다면 문틈으로 기어 나갈 수 있을 거고. 그러니 어느 쪽이든 난 정원으로 나가게 될 테니까 어떤 일이 벌어지든 상관없어!"

앨리스는 케이크를 조금 베어 먹고는 자기가 커지는지 작아지는지 알아보려고 머리 위에 손을 올린 채 초조하게 "커질까? 작아질까?" 하고 중얼거렸다. 그런데 키가 변함없이 그대로여서 무척 놀랐다. 물론 케이크를 먹으면 보통 그렇기 마련이지만, 앨리스는 어느새 이상한 일만 일어나기를 기대하는 게 완전히 몸에 밴 탓에 보통 때와 똑같은 식으로 진행되는 일이 따분하고 시시해 보였다.

그래서 앨리스는 다시 케이크를 먹기 시작해 금방 다 먹어 치워 버렸다.

— ∞ 제2장 ∞ —
눈물 웅덩이

"이상 점점 더 해지네!"

앨리스가 소리쳤다.(얼마나 깜짝 놀랐던지 앨리스는 순간적으로 바르게 말하는 법을 까맣게 잊고 말았다.)

"이제 내 몸이 세상에서 가장 커다란 망원경처럼 쭉 늘어나고 있어! 잘 있어, 내 발들아!"(앨리스가 발을 내려다보니 아득히 멀어져 거의 보이지 않게 될 것만 같아서 발에게 작별 인사를 했다.)

"오, 나의 불쌍한 작은 발들. 애들아, 이제 누가 너희에게 신발과 양말을 신겨 줄까? 난 못해 줄 게 확실한데! 난 너희와 너무나도 멀리 떨어져서 너희를 챙겨 주지 못할 거야. 너희가 알아서 어떻게든 해 나가야 해."

'그래도 애들에게 잘해 줘야 해. 그렇지 않으면 애들이 내가

가고 싶은 길로 가려 하지 않을 거야! 어디 보자, 크리스마스마다 애들에게 새 부츠를 한 켤레씩 선물해 줘야겠어.'

앨리스는 이렇게 생각하며 선물을 어떤 식으로 보낼지 혼자서 계속 계획을 세워 나갔다.

'우편으로 보내는 거야. 자기 발한테 선물을 보내다니 얼마나 우스꽝스러울까! 또 주소는 얼마나 이상해 보일까!'

벽난로 울타리 근처
깔개 위
앨리스의 오른발 귀하
(앨리스가 사랑을 담아)

'어머나, 무슨 말도 안 되는 소리만 하고 있담!'

바로 그 순간 앨리스의 머리가 복도 천장에 부딪쳤고 이제 앨리스의 키는 거의 3미터가 다 되어 있었다. 앨리스는 곧바로 작은 황금 열쇠를 집어 들고 급히 정원 문으로 향했다.

가엾은 앨리스! 앨리스가 할 수 있는 거라곤 옆으로 누워 한쪽 눈으로 정원을 내다보는 게 다였다. 이제 앨리스가 그 문을 통과하기란 아까보다 더 가망 없는 일이어서 주저앉아 다시 울기 시작했다.

"부끄러운 줄 알아! 너처럼 커다란 여자 애가(앨리스가 이렇게 말하는 것도 당연했다.) 이렇게 울어 대다니 말이야! 당장 뚝 그치지 못해!"

앨리스가 자신을 다그쳤다. 그래도 울음을 그치지 못하고 계속해서 눈물을 펑펑 쏟아 내며 우는 바람에 급기야 앨리스 주위로 10센티미터 깊이의 커다란 눈물 웅덩이가 생겼고 복도의 절반을 덮으려 하고 있었다.

잠시 후 멀리서 후다닥 조그만 발소리가 들리자 앨리스는 얼른 눈물을 훔치고 뭐가 다가오고 있는지 보았다. 아까 그 흰토끼가 근사하게 옷을 차려입고 되돌아오고 있었다. 한 손에는 하얀 가죽 장갑 한 켤레를, 다른 한쪽 손에는 큰 부채를 든 채였다. 흰토끼가 허겁지겁 총총걸음을 치며 혼자 중얼거렸다.

"오! 공작 부인! 공작 부인! 오! 기다리게 했다고 노발대발할 텐데!"

앨리스는 아주 절박한 심정이어서 아무나 붙잡고 도움을 청할 태세가 되어 있었다. 그래서 흰토끼가 가까이 다가오자 머뭇거리며 나지막한 목소리로 말을 걸었다.

"저기요……."

흰토끼가 화들짝 놀라 하얀 가죽 장갑과 부채를 떨어뜨리고는 쏜살같이 어둠 속으로 달아나 버렸다. 앨리스는 부채와 장갑을 집어 들었다. 복도가 무척 더워서 계속 부채질을 하며 또다시 혼잣말을 이어 나갔다.

"어머, 이런! 오늘은 일어나는 일마다 정말 이상해! 어제만 해도 보통 때처럼 흘러갔는데. 내가 밤새 변해 버린 걸까? 가만 있자, 오늘 아침 일어났을 때 내가 어제와 똑같았나? 기분이 좀 달랐던 것도 같은데. 하지만 내가 어제와 똑같은 사람이 아니라면 다음 질문은 '대체 난 누구인가?' 하는 건데. 아, 그건 정말 어려운 수수께끼야!"

그러고는 자기와 나이가 같은 아이들을 하나씩 떠올려 보며 자기가 그 아이들 가운데 누군가로 변한 건 아닌지 생각해 봤다.

"내가 에이다가 아닌 건 확실해. 에이다는 아주 긴 곱슬머리인데 난 전혀 곱슬머리가 아니니까. 메이블도 확실히 아니야. 난 온갖 것들을 다 아는데 걔는 아는 게 별로 없잖아! 게다가 걔는 걔고 나는 나야. 이것 참, 정말 헷갈리네! 내가 알고 있던 것들을 지금도 다 잘 알고 있는지 시험해 봐야겠어. 어디 보자. 사사는 십이, 사육은 십삼, 사칠은…… 오, 이런! 이런 식으로 곱하면 절대 이십까지 가지 못하겠어. 하지만 구구단은 중요하지 않아. 지리 시간에 배운 것들을 확인해 봐야겠어. 런던은 파리의 수도, 파리는 로마의 수도, 로마는…… 아냐, 전부 다 틀렸어! 내가 메이블로 변했나 봐! 「어떻게 그 꼬마……」를 외워 봐야겠어."

앨리스는 마치 수업 시간에 선생님 앞에서 배운 것을 복창하는 것처럼 무릎에 양손을 포개고 그 시를 암송하기 시작했다. 하지만 목소리도 꽉 잠겨 이상했고 단어들도 틀리게 나왔다.

어떻게 그 꼬마 악어가

빛나는 꼬리를 이용해

나일 강의 물을

황금 비늘 전체에 뿌렸을까!

어떻게 그 꼬마 악어가 밝게 싱긋 웃으며,

발톱을 맵시 있게 짝 벌려,

온화하게 미소 띤 입속으로

작은 물고기들을 맞아들였을까!

"다 틀린 것 같아."

가엾은 앨리스는 또다시 눈물이 그렁그렁한 채로 계속 혼잣말을 해 나갔다.

"결국 난 메이블이 된 거야. 그러니 나는 그 애의 초라하고 작은 집에 가서 살아야 해. 갖고 놀 장난감도 없을 거고. 오, 배워야 할 건 또 얼마나 많을까! 아냐, 결심했어. 내가 메이블이 된 거라면 난 그냥 계속 여기 아래에 있을 거야! 사람들이 머리를 아래로 들이밀고 '얘야! 다시 올라오렴!' 하고 말해 봤자 아무 소용없어. 난 그저 올려다보며 ‘그런데 제가 누구예요? 그것부터 말해 줘요. 제가 그 사람인 게 맘에 들면 올라갈 거예요. 맘에 안 들면 제가 다른 사람이 될 때까지 여기 아래에 있을 거예요.’ 하고 대답할 거야. ……오, 아냐!”

앨리스가 소리치며 왈칵 울음을 터뜨렸다.

“사람들이 머리를 아래로 들이밀어 주면 얼마나 좋을까! 여기에 나 혼자만 있는 건 너무 싫어!”

앨리스는 이렇게 말하면서 자신의 손을 내려다보았는데 자신이 어느새 흰토끼의 조그만 하얀 가죽 장갑 한 짝을 낀 것을 보고 깜짝 놀랐다.

‘내가 어떻게 이 장갑을 낄 수 있었을까? 내가 다시 작아지고 있나 봐.’

앨리스는 생각했다. 그리고 일어나서 유리 탁자로 가 키를 재어 봤는데, 얼추 짐작컨대 이제 키가 60센티미터 정도로 작아졌고 계속해서 빠르게 줄어들고 있었다. 앨리스는 곧 손에 들고 있는 부채 때문에 몸이 줄어들고 있다는 사실을 알아채고 황급히 부채를 떨어뜨렸다. 그래서 점점 줄어들다가 완전히 사라질 뻔한 위기 상황을 가까스로 모면했다.

“간신히 살았네!”

앨리스는 갑작스런 변화에 몹시 놀랐지만 그래도 아직 자신이 존재하고 있어서 무척 기뻤다.

“이젠 정원에 나갈 수 있겠어!”

앨리스는 다시 그 작은 문을 향해 전속력으로 달려갔다. 하지만 저런! 그 작은 문은 다시 잠겨 있었고 작은 황금 열쇠는 전처럼 유리 탁자 위에 놓여 있었다.

'상황이 아까보다 더 나빠졌잖아. 전에도 이렇게 작았던 적은 없었는데, 전혀! 정말 안 좋아, 정말!'

가엾은 앨리스가 이런 생각을 하는데 발이 미끄러지며 다음 순간 풍덩! 소금물 속에 목까지 잠겨 있었다. 처음에 앨리스는 아무래도 자신이 바다에 빠진 것 같다는 생각이 들었다.

"그렇다면 기차를 타고 돌아가면 돼."

앨리스가 혼잣말을 했다.(앨리스는 딱 한 번 바닷가에 가 본 적이 있었는데 그때 내린 결론은, 영국에서는 어느 바닷가를 가

든지 수많은 이동 탈의실과 나무 삽으로 모래를 파는 아이들, 줄지어 늘어선 숙박업소들 그리고 그 뒤로는 기차역이 있다는 것이었다.) 하지만 앨리스는 이내 자신의 키가 거의 3미터였을 때 펑펑 우는 바람에 생긴 눈물 웅덩이에 빠졌다는 사실을 알게 되었다.

"그렇게 많이 울지 말걸!"

앨리스가 눈물 웅덩이에서 벗어날 길을 찾아 이리저리 헤엄쳐 다니며 말했다.

"너무 많이 울어서 지금 이렇게 내가 흘린 눈물에 빠져 죽는 벌을 받게 된 거야! 정말 이상한 일도 다 있어! 하지만 오늘은 모든 게 이상하니까."

바로 그때 눈물 웅덩이 저쪽에서 뭔가가 첨벙거리는 소리가 났다. 앨리스는 그게 뭔지 보려고 소리가 나는 곳 가까이로 헤엄쳐 갔다. 처음에 앨리스는 그것이 바다코끼리나 하마인 줄 알았지만 곧바로 지금 자기가 얼마나 작아졌는지 떠올랐다. 그리고 이내 그것이 자기처럼 미끄러져서 웅덩이에 빠진 한낱 생쥐일 뿐이라는 사실을 알아차렸다.

'지금 이 생쥐에게 말을 걸어 보면 뭔가 소용이 있을까? 여기 아래에선 뭐든 아주 별나니까 생쥐도 말을 할지 몰라. 아무튼 말을 걸어 본다고 해가 될 건 없잖아.'

이렇게 생각한 앨리스는 생쥐에게 말을 걸었다.

"오, 생쥐여! 이 눈물 웅덩이에서 빠져나가는 길을 아니? 난 여기에서 헤엄치는 데 정말 지쳤어. 오, 생쥐여!”(앨리스는 생쥐에게 말을 걸 때 이런 식으로 말하는 게 옳다고 생각했다. 결코한 번도 생쥐에게 이렇게 말을 걸어 본 적은 없었지만 오빠의 라틴 어 문법책에서 ‘생쥐가-생쥐의-생쥐에게-생쥐를-오, 생쥐여!’를 봤던 기억이 났다.)

생쥐가 다소 호기심 어린 눈으로 앨리스를 보고는 조그만 눈한쪽을 깜박하는 것 같았지만 아무 말도 하지 않았다.

‘이 생쥐는 우리 말을 모르나 봐. 정복왕 윌리엄(*11세기 경 프랑스에서 건너와 영국을 정복하고 노르만 왕조를 세운 윌리엄 1세를 말한다.)과 함께 건너온 프랑스 생쥐인 모양이야.’

앨리스는 생각했다.(앨리스가 자신이 가진 역사 지식을 총동원해 봤지만 어떤 일이 얼마나 오래전에 일어났는지에 대해서는명확한 개념이 없었기 때문에 이렇게 생각을 했던 것이다.)

그래서 앨리스는 다시 생쥐에게 말을 걸었다.

“우 에 마 샤뜨?”(*프랑스 어로 ‘내 고양이는 어디에 있지?’라는뜻이다.)

이 말은 앨리스의 프랑스 어 교과서에서 맨 처음에 나오는 문장이었다. 생쥐가 갑자기 물에서 펄쩍 뛰어오르더니 겁에 질려온몸을 덜덜 떠는 것 같았다.

“오, 정말 미안해!”

앨리스는 자기가 그 불쌍한 동물의 기분을 상하게 한 것 같아다급하게 소리쳤다.

“네가 고양이를 좋아하지 않는단 걸 그만 깜박했어.”
“당연히 좋아하지 않지! 네가 나라면 고양이를 좋아하겠니?”
생쥐가 화가 잔뜩 난 날카로운 목소리로 외쳤다.
“그래, 안 좋아하겠구나.”
앨리스가 달래듯이 말했다.
“화내지 마. 그래도 너한테 우리 집 고양이 다이너를 보여 줄 수 있으면 좋을 텐데. 네가 우리 다이너를 만나 보면 너도 고양이를 좋아하게 될 거야. 다이너는 정말 사랑스럽고 얌전한 고양이거든.”
앨리스는 눈물 웅덩이에서 느릿느릿 헤엄을 치면서 반쯤은 혼잣말을 하듯이 계속 말을 이어 나갔다.
“그리고 다이너는 아주 멋지게 가르랑거리며 난롯가에 앉아 발을 핥고 얼굴을 씻지. 그리고 품에 안으면 얼마나 보드랍다고. 또 쥐는 얼마나 잘 잡는지 몰라……. 아, 정말 미안해!”
앨리스가 또다시 소리쳤는데, 이번에는 생쥐가 온몸의 털을 곤두세우고 있어서 생쥐가 심하게 화가 난 것을 확실히 느낄 수 있었다.
“네가 싫다면 우리 더 이상 다이너 이야기는 하지 말자.”
“‘우리’라니!”
생쥐가 꼬리 끝까지 부들부들 떨면서 소리쳤다.
“마치 ‘내’가 그딴 것에 대해 같이 이야기라도 나눈 것처럼 구는군! 우리 종족은 언제나 고양이를 엄청나게 증오했어. 더럽고

야비하고 상스러운 것들! 다시는 내 앞에서 그 이름 들먹거리지 마!"

"절대 안 그럴게!"

앨리스가 대답하고는 서둘러 화제를 바꾸었다.

"어, 저기, 그럼 있잖아. 너는 개를 좋아하니?"

생쥐가 대답이 없어서 앨리스는 계속 열심히 말을 이어 나갔다.

"우리 집 근처에 아주 귀엽고 작은 개가 있는데 너한테 정말 보여 주고 싶어! 조그맣고 반짝거리는 눈을 가진 테리어 종이야. 있잖아, 곱슬곱슬하고 기다란 갈색 털이 얼마나 예쁜지 몰라! 물건을 던지면 도로 물어 오고 앞발을 세우고 앉아 저녁을 달라고 해. 그것 말고도 온갖 재롱을 다 피우는데 절반도 기억이 안 나네. 그 개의 주인은 농부 아저씨인데 그 개가 아주 쓸모가 많아서 백만 파운드의 가치가 있대! 그 아저씨 말로는 그 개는 쥐도 보는 대로 다 잡아 죽이……. 어머나, 이를 어째!"

앨리스가 슬픈 목소리로 외쳤다.

"내가 생쥐를 또 화나게 했나 봐!"

생쥐가 있는 힘을 다해 헤엄치며 앨리스에게서 멀어지고 있어서 눈물 웅덩이에 물살이 크게 일었다.

앨리스는 생쥐를 향해 부드럽게 외쳤다.

"생쥐야! 다시 돌아와. 네가 싫다면 고양이 얘기도, 개 얘기도 다시는 하지 않을게!"

생쥐가 그 말을 듣고는 빙 돌아서 천천히 앨리스에게로 헤엄
쳐 왔다. 생쥐의 얼굴은 아주 창백했다.(화가 나서 그런 거라고
앨리스는 생각했다.) 생쥐가 낮고 떨리는 목소리로 말했다.

"물 밖으로 나가자. 그런 다음 내 사연을 들려줄게. 그럼 넌
내가 왜 그렇게 고양이와 개를 싫어하는지 알게 될 거야."

그때쯤 눈물 웅덩이에 빠진 새들과 동물들로 눈물 웅덩이가
점점 붐비고 있었기 때문에 그렇지 않아도 밖으로 나가야 할 것
같았다. 이제 눈물 웅덩이에는 오리, 도도새, 앵무새, 새끼 독수
리 한 마리씩과 다른 기이한 동물들 여러 마리가 빠져 있었다.
앨리스를 선두로 전체 무리가 물가로 헤엄쳐 나갔다.

제3장

코커스 경주와 긴 이야기

물가에 모인 그들 무리는 참으로 기묘해 보였다. 새들은 깃털이 질질 끌렸고, 동물들은 털이 몸통에 찰싹 달라붙어 있었다. 다들 흠뻑 젖어 물을 뚝뚝 떨어뜨리며 짜증 나고 언짢은 표정을 하고 있었다.

당연히 첫 번째 문제는 몸을 어떻게 말리느냐 하는 것이었다. 그들은 이 문제에 대해 회의를 했는데 몇 분이 지나자 앨리스는 동물들과 평생 알고 지내 온 사이처럼 아주 자연스럽고 스스럼없이 이야기를 나누고 있었다. 앨리스는 앵무새와 꽤 긴 논쟁을 벌였는데 결국에는 앵무새가 토라져서 이렇게 말했다.

"내가 너보다 나이가 많으니까 내가 너보다 더 잘 알아."

앨리스는 앵무새가 몇 살인지 알기 전에는 앵무새의 주장을 인정할 수 없었다. 하지만 앵무새가 완강히 나이를 밝히려 하지 않아서 더 이상 대화를 이어 갈 수 없었다.

마침내 동물들 가운데서 권위가 있어 보이는 생쥐가 소리쳤다.

"다들 앉아서 내 말을 들어! 내가 금방 너희를 말려 줄 테니까!"

곧바로 모두들 생쥐를 가운데에 두고 크게 빙 둘러앉았다. 앨리스는 어서 빨리 몸을 말리지 않으면 심한 감기에 걸릴 것만 같아서 초조하게 생쥐만 뚫어져라 바라보았다.

"에헴!"

생쥐가 거드름을 피우며 헛기침을 했다.

"다들 준비됐지? 이게 내가 아는 가장 건조한 이야기니까 빨리 마를 거야. 다들 조용히 하고 들어 봐! '자신의 대의명분에 대해 교황에게서 지지를 얻은 정복왕 윌리엄은, 그즈음 지도자를 원하고 강탈과 정복에도 아주 익숙해 있던 영국인들에 의해 곧 받아들여졌어. 머시아와 노섬브리아의 백작인 에드윈과 모카가…….'"

"어휴!"

앵무새가 몸을 부르르 떨며 소리를 냈다.

"뭐야! 네가 그랬어?"

생쥐가 눈살을 찌푸렸지만 그래도 아주 공손하게 물었다.

"난 아냐!"

앵무새가 얼른 부인했다.

"난 또 네가 그런 줄 알았지. 그럼 하던 얘기를 마저 계속할게. '머시아와 노섬브리아의 백작인 에드윈과 모카가 윌리엄 왕을 지지한다고 선언했어. 애국심 강한 스티건드 캔터베리 대주교도 그것이 좋겠다고 생각했는데…….'"

"'뭐가' 좋겠다고?"

오리가 물었다.

"'그것이' 좋겠다고. 물론 '그것'이 뭔지는 잘 알겠지?"

생쥐가 뿌루퉁하니 대답했다.

"내 경우라면 '그것'이 뭔지는 잘 알지. 내게 있어 '그것'은 대개 개구리나 벌레야. 내가 묻고 싶은 건 대주교가 좋겠다고 생각한 '그것'이 뭐냐는 거야."

생쥐는 이 질문을 못 들은 척하고 서둘러 말을 이어 갔다.

"'에드가 애설링과 함께 가서 윌리엄을 만나 왕위를 제안하는 것이 좋겠다고 생각했어. 처음에 윌리엄의 품행은 온전했지. 하지만 그가 데려온 노르만 족들의 오만함은…….' 애, 이제 좀 어때?"

생쥐가 앨리스 쪽을 쳐다보며 물었다.

"젖은 상태 그대로야. 그 이야기로는 전혀 몸이 마를 것 같지 않아."

앨리스가 우울한 목소리로 대답했다.

"그렇다면."

도도새가 일어서며 엄숙하게 말했다.

"더 효과적인 개선책의 즉각적인 채택을 위해 휴회를 제안하는 바……."

“쉬운 말로 해요! 그런 어려운 말은 반도 못 알아듣겠어요. 게다가 당신도 모르면서 하는 말 같군요!”

새끼 독수리가 끼어들어 말하고는 고개를 숙이고 씩 웃었다. 다른 몇몇 새들은 소리가 들릴 정도로 킥킥대며 웃었다.

“내가 하려던 말은 우리의 몸을 말리는 가장 좋은 방법은 코커스 경주라는 거였어.”

도도새가 기분 상한 투로 말했다.

“코커스 경주가 뭔데?”

이렇게 묻기는 했지만 사실 앨리스는 코커스 경주가 뭔지 딱히 궁금하지 않았다. 하지만 누가 그걸 물어봐 주기를 바라는 것처럼 도도새가 말을 멈추고 가만히 있는데 아무도 물어볼 생각이 없어 보여서 어쩔 수 없이 앨리스가 나서서 물어봐 준 것이었다.

“그걸 가장 잘 설명하는 방법은 바로 직접 해 보는 거야.”

도도새가 말했다.(여러분이 어느 겨울날 코커스 경주를 직접 하고 싶어 할지 모르니 도도새가 어떻게 했는지 말해 주겠다.)

먼저 도도새는 대충 동그랗게(“모양은 정확하게 그리지 않아도 돼.” 하고 도도새가 말했다.) 경주로를 그렸고 모두가 경주로를 따라 여기저기에 자리를 잡고 섰다. ‘하나, 둘, 셋, 땅!’ 하고 외치는 소리도 없었지만 다들 마음 내킬 때 출발했다가 마음 내킬 때 그만두어서 경주가 언제 끝났는지 알기 어려웠다. 그래도 반 시간쯤 달려 몸이 꽤 마르자 도도새가 갑자기 “경주 끝!” 하고 외쳤고 다들 도도새 주위로 헐떡거리며 모여서 "그런데 누가 이겼어?" 하고 물었다.

이 질문에 도도새는 꽤 오랫동안 생각에 잠겨 손가락 하나를 이마에 대고(셰익스피어의 초상화에서 흔히 볼 수 있는 바로 그 자세로) 한참을 앉아 있었고 나머지는 조용히 기다렸다. 마침내 도도새가 말했다.

"모두가 이겼으니 모두가 상을 받아야 해."

"하지만 누가 상을 주지?"

다들 이구동성으로 물었다.

"그야 물론 저 애지."

도도새가 손가락으로 앨리스를 가리키자 곧바로 전체 무리가 앨리스 주위를 에워싸고 혼란스럽게 외쳐 댔다.

"상 줘! 상! 상!"

앨리스는 어찌해야 할지 몰라 절망하며 호주머니에 손을 넣었다가 사탕 과자 상자를 꺼내서(다행히도 상자 안에는 소금물이 들어가지 않았다.) 주위에 모인 동물들에게 상으로 건넸다. 정확히 한 마리 앞에 하나씩 돌아갔다.

"하지만 이 아이도 상을 받아야 하잖아."

생쥐가 말했다.

"당연하지."

도도새가 아주 근엄하게 대답했다. 도도새가 앨리스 쪽으로 향하며 계속 말했다.

"호주머니에 또 뭐가 들었니?"

"골무밖에 없어."

"이리 줘 봐."

도도새가 말했다. 그러자 다들 다시 한 번 앨리스 주위로 모여들었고 도도새가 진지하게 골무를 주면서 말했다.

"이 멋진 골무를 받아 주시기 바랍니다."

도도새가 짤막한 연설을 마치자 모두 환호성을 질렀다.

앨리스는 이 모든 일이 아주 우스꽝스럽다고 생각했지만 다들 정말 진지해 보여서 감히 웃을 수 없었다. 앨리스는 할 말이 생각나지 않아서 그저 고개를 숙여 인사하고 최대한 진지한 표정으로 골무를 받았다.

그다음으로 할 일은 사탕 과자를 먹는 것이었는데 그 일은 다소 시끄럽고 혼란스러웠다. 큰 새들은 제대로 맛도 못 봤다고 투덜대고 작은 새들은 사탕 과자가 목에 걸려 캑캑거려서 등을 두드려 줘야 했다. 하지만 마침내 사탕 과자 먹는 일은 끝났고 그들은 다시 둥글게 모여 앉아 생쥐에게 이야기를 더 해 달라고 부탁했다.

"아까 네 사연을 들려준다고 약속했잖아."

앨리스가 말했다.

"왜 네가 개들을 싫어하는지도. 그러니까 '냥이'와 '멍이' 말이야."

앨리스는 또다시 생쥐의 기분을 상하게 할까 봐 낮은 목소리로 살짝 덧붙였다.

"내 얘깃거리는 길고도 슬픈 꺼리야!"

생쥐가 앨리스 쪽으로 향하며 한숨을 쉬며 말했다.

"긴 꼬리인 건 잘 알겠는데."

앨리스가 생쥐의 꼬리를 경탄하며 내려다보았다. 그리고 말을 이었다.

"그런데 왜 슬픈 꼬리라는 거야?"

생쥐가 이야기를 들려주는 동안에도 앨리스는 계속 그 문제에 대해 골똘히 생각했고 그래서 생쥐의 이야기는 앨리스에게 이런 식으로 들렸다.

무시무시한 개 퓨리가
집에서 만난
생쥐에게 말했대.
"우리 법정에 가자.
난 널 고소할 거야.
이봐, 싫다고 해도 소용없어.
우리는 재판을 받아야 해.
왜냐하면 바로 오늘 아침
나는 할 일이 하나도
없으니까."
생쥐가
질 나쁜 개
퓨리에게 대꾸했대.
"이봐요,
배심원도
판사도 없는
그런 재판은요.
쓸데없는 소리만
지껄이는 거예요."
그러자 교활하고
늙은 개 퓨리가 말했어.
"내가 배심원도 하고
판사도 할 거야.
그러니 완벽하게
소송을 걸어
네게 사형을
선고할
거야."

"안 듣고 뭐 해! 무슨 생각을 하는 거야?"

생쥐가 앨리스를 엄하게 나무랐다.

"미안해. 다섯 번째 구부러진 곳까지 이야기를 했지, 아마?"

앨리스가 아주 겸손하게 말했다.

"구부러지긴 누가 구부러져!"

생쥐가 화가 잔뜩 나서 날카롭게 소리쳤다.

"어떡해, 구부러져서!"

언제나 남을 도울 준비가 되어 있는 앨리스가 걱정스럽게 주위를 둘러보며 덧붙였다.

"있지, 그럼 내가 바로 펴 줄게!"

"전혀 그럴 필요 없어!"

생쥐가 이렇게 톡 쏘아 주고는 일어나서 멀리 걸어가며 덧붙였다.

"그런 말도 안 되는 소리나 하면서 나를 모욕하다니!"

"그러려던 게 아니었어! 하지만 넌 정말 걸핏하면 화를 내는 것 같아."

가엾은 앨리스가 말했다. 생쥐는 대답 대신 그저 으르렁거렸다.

"제발 돌아와서 네 이야기를 끝까지 마저 들려줘!"

앨리스가 생쥐의 뒤에 대고 외치자 나머지 동물들도 모두 한목소리로 외쳤다.

"그래. 제발 부탁해!"

하지만 생쥐는 그저 참지 못하겠다는 듯 고개를 절레절레 저으며 더 빨리 걸어가 버렸다.

"가 버리다니 정말 유감이야!"

생쥐가 시야에서 보이지 않게 되자 앵무새가 한숨을 쉬었다. 그리고 엄마 게가 이때다 싶어 딸 게에게 당부했다.

"애야! 이 일을 계기로 너는 절대로 화를 내지 말라는 교훈을 새겼으면 좋겠구나!"

"입 다물어요, 엄마! 엄만 아무리 인내심 강한 굴이라도 화나게 만들 정도라고요!"

어린 딸 게가 다소 딱딱거리며 대꾸했다.

"우리 다이너가 여기 있었으면 얼마나 좋을까! 다이너가 생쥐를 금방 다시 잡아 올 텐데!"

앨리스가 딱히 누구에게랄 것 없이 큰 소리로 말했다.

"다이너가 누군지 물어봐도 되니?"

앵무새가 말했다. 앨리스는 언제든 자신의 애완동물에 대해 이야기할 준비가 되어 있었기 때문에 열심히 대답했다.

"다이너는 우리 집 고양이야. 그리고 얼마나 쥐를 잘 잡는지 몰라! 그리고 오, 다이너가 새를 쫓는 걸 네가 봤어야 하는데! 작은 새는 보는 대로 바로 잡아먹을걸!"

이 말에 동물들이 크게 동요했다. 몇몇 새는 즉시 허겁지겁 자리를 떴다. 늙은 까치는 날개로 아주 조심스레 몸을 감싸며 "이제 진짜 집에 가 봐야겠어. 밤공기를 쐬면 목에 좋지 않아서!” 하고 둘러댔다. 그리고 카나리아는 떨리는 목소리로 자신의 새끼들에게 “얘들아, 그만 가자꾸나. 모두 잠자리에 들 시간이야!” 하고 외쳤다. 다들 이런저런 핑계를 대며 자리를 떴고 앨리스는 이내 혼자 남겨졌다.

앨리스는 우울한 목소리로 혼자 중얼거리기 시작했다.

“다이너 얘기는 하지 말걸! 여기 아래에서는 아무도 다이너를 좋아하지 않는 것 같아. 세상에서 최고로 멋진 고양이인데 말이야! 아, 우리 예쁜 다이너! 내가 너를 다시 볼 수 있을까?”

불쌍한 앨리스는 이렇게 중얼거리다가 아주 외롭고 우울해져 다시 울기 시작했다. 하지만 잠시 후 멀리서 조그맣게 발소리가 들렸다. 앨리스는 생쥐가 마음을 바꿔 이야기를 끝까지 마저 다 해 주려고 돌아오고 있는 건지도 모른다는 생각에 고개를 번쩍 들었다.

제4장
흰토끼가 작은 도마뱀 빌을 들여보내다

그 발소리의 주인공은 바로 흰토끼였다. 뭔가를 잃어버린 것처럼 걱정스레 두리번거리며 다시 천천히 걸어 돌아오고 있었다. 흰토끼가 중얼거리는 소리가 들렸다.

"공작 부인! 공작 부인! 오, 나의 소중한 발! 오, 나의 털과 수염! 공작 부인이 나를 처형할 거야. 토끼를 사냥하는 흰 담비처럼 아주 확실하게! 내가 그것들을 도대체 어디다 떨어뜨렸을까?"

앨리스는 곧바로 흰토끼가 부채와 흰 가죽 장갑 한 켤레를 찾고 있다고 짐작했다. 마음씨 착한 앨리스는 그 물건들을 찾기 시작했지만 어디에도 보이지 않았다. 앨리스가 눈물 웅덩이에서 헤엄을 쳤던 뒤로 모든 것이 변한 것 같았다. 유리 탁자와 작은 문이 있던 거대한 복도는 완전히 사라지고 없었다.

곧 흰토끼가 두리번거리며 물건을 찾고 있는 앨리스를 보고는 성난 목소리로 소리쳤다.

"아니, 메리 앤. 여기에서 뭘 하고 있는 거야? 당장 집으로 뛰어가서 장갑 한 켤레와 부채 하나를 가져와! 어서, 지금 당장!"

화들짝 놀란 앨리스는 흰토끼에게 사람을 잘못 보았다고 설명할 생각도 못하고 토끼가 가리킨 방향으로 곧장 달려갔다.

"나를 자기 하녀로 오해했나 봐."

앨리스가 달려가며 혼자 중얼거렸다.

"내가 누군지 알게 되면 토끼가 얼마나 놀랄까! 하지만 토끼에게 부채와 장갑을 갖다주는 게 좋겠어. 물론 내가 찾을 수 있다면 말이야."

이렇게 말하는 동안 앨리스는 깔끔한 작은 집에 도착했는데, 현관문에는 '흰토끼'라고 새겨진 반짝이는 놋쇠 문패가 달려 있었다. 앨리스는 노크도 하지 않고 안으로 들어갔다. 그리고 진짜 메리 앤을 만나게 되어 부채와 장갑을 찾기도 전에 그 집에서 쫓겨날까 봐 조마조마해하며 서둘러 이층으로 올라갔다.

"토끼의 심부름을 하다니 정말로 별난 일도 다 있지! 이러다 다음번엔 다이너의 심부름도 하게 되는 거 아닐까!"

앨리스는 혼잣말을 했다. 그러면서 그런 일이 일어나면 어떨까 상상해 보기 시작했다.

'앨리스 아가씨! 당장 이리로 와서 산책 갈 준비를 해요!'

'금방 갈게요, 유모! 하지만 난 다이너가 돌아올 때까지 쥐가

나오지 못하도록 쥐구멍을 지켜야 해요.'

앨리스는 계속 생각했다.

'하지만 다이너가 사람들에게 그렇게 이래라저래라 명령하기 시작하면 사람들이 다이너를 집에 놔두지 않을 거야!'

이제 앨리스는 깔끔한 작은 방에 들어가 있었는데 창가의 탁자 위에는(앨리스가 바라던 대로) 부채와 작은 흰 가죽 장갑 두세 켤레가 놓여 있었다. 부채와 장갑 한 켤레를 집어 들고 그 방을 막 나가려는데 거울 근처에 있는 작은 병이 앨리스의 눈에 들어왔다. 이번에는 '나를 마셔요.' 같은 꼬리표는 없었지만 그럼에도 불구하고 병마개를 뽑고 병을 입에 갖다 댔다.

"틀림없이 뭔가 재미있는 일이 일어날 거야. 내가 뭔가를 먹거나 마실 때마다 그랬으니까. 그러니 이 병에 든 걸 마시면 어떻게 되는지 알아봐야겠어. 이렇게 작은 몸으로 있는 건 이제 지겨우니까 다시 커졌으면 좋겠어!"

앨리스가 혼잣말을 했다. 병에 든 것을 마시자 앨리스가 예상한 것보다 훨씬 더 빨리 원하는 대로 되었다. 반도 마시지 않았는데 천장에 머리가 눌려서 목이 부러지지 않도록 고개를 숙여야 했다. 앨리스는 얼른 병을 내려놓으며 혼자 중얼거렸다.

"이 정도면 됐어. 더 이상 커지지 않았으면 좋겠는데. 이대로라면 저 문으로 나가지도 못하겠어. 그렇게 많이 마시지 말걸!"

아아! 하지만 그렇게 후회하기엔 이미 너무 늦어 버린 것을! 앨리스는 계속 커졌다. 자꾸만 자꾸만 커져서 이내 바닥에 무릎

을 꿇고 앉아야 했다. 하지만 다음 순간 그렇게 있을 공간도 없어져서 한쪽 팔꿈치를 문에 대고 다른 쪽 팔은 머리를 감싸고 바닥에 누웠다. 그래도 자꾸만 계속 커지고 있어서 앨리스는 이제 최후의 수단으로 한쪽 팔은 창밖으로 내밀고 한쪽 발은 굴뚝 속에 넣었다.

"무슨 일이 일어난대도 더 이상 내가 할 수 있는 건 없어. 난 어떻게 될까?"

다행히도 작은 마법의 약이 이제 효력을 다한 모양인지 앨리스는 더 이상 커지지 않았다. 그래도 그 상태로는 아주 불편했고 그 방을 빠져나갈 가능성은 아예 없어 보였으므로 앨리스의 기분이 비참한 건 당연한 일이었다. 가엾은 앨리스는 생각했다.

'집에 있을 때가 훨씬 좋았어. 집에 있을 때는 매번 커지거나 작아지지 않았고 쥐와 토끼에게 이래라저래라 명령을 받지도 않았는데. 토끼 굴로 내려오지 말았더라면! 하긴 그래도 이런 식으로 사는 건 어떨까 정말 궁금하긴 해! 내게 과연 무슨 일이 생길까? 동화책을 읽을 때면 책 속에 나오는 그런 일들은 절대 일어나지 않는다고 생각했는데, 내가 지금 여기에서 그런 동화 같은 일을 겪고 있다니! 내 이야기를 쓴 책이 있어야 해. 꼭 말이야! 내가 크면 한 권 써야겠어. 하지만 난 지금 다 커 버렸는걸.'

앨리스는 슬픔에 젖은 목소리로 덧붙였다.

"어쨌든 여기에는 더 이상 클 공간이 없어."

'그렇다면 나는 이제 더 이상 나이를 먹지 않게 되는 걸까? 절대 할머니는 되지 않을 테니 나름대로 위안은 되겠네. 하지만 그러면 계속 공부를 해야 하잖아! 아, 그건 정말 싫어!'

이렇게 생각하던 앨리스가 혼잣말로 대꾸했다.

"야, 이 멍청한 앨리스야! 여기에서 어떻게 공부하니? 여기에는 너 하나 있을 공간도 없고 교과서를 둘 공간도 전혀 없는데!"

앨리스는 먼저 한쪽 입장이 되었다가 또 다른 쪽 입장이 되었다 하며 혼자 주거니 받거니 말을 이어 갔다. 하지만 몇 분 뒤 밖에서 소리가 들려서 말을 멈추고 귀를 기울였다.

"메리 앤! 메리 앤! 당장 장갑을 갖다줘!" 하는 소리가 들렸다. 그러자 계단을 올라오는 작은 발소리가 들렸다. 흰토끼가 자기를 찾으러 왔단 생각에 앨리스가 몸을 부들부들 떨자 집 전체가 흔들렸다. 지금은 자기가 흰토끼보다 천 배나 커서 두려워할 이유가 전혀 없다는 사실을 까맣게 잊고 있었던 것이다.

곧 흰토끼가 문 앞에 이르러 문을 열려고 했다. 하지만 그 문은 안쪽으로 밀어서 여는 문인데 앨리스가 팔꿈치로 꽉 누르고 있었기 때문에 문은 꿈쩍도 하지 않았다. 앨리스는 흰토끼가 중얼거리는 소리를 들었다.

"그렇다면 돌아가서 창문으로 들어가야겠군."

'그렇게는 못할걸!'

앨리스가 이렇게 생각하고는 흰토끼가 창문 아래에 도착한 것 같은 소리가 들릴 때까지 기다렸다가 창문으로 불쑥 손을 내밀어 허공을 낚아챘다. 앨리스는 아무것도 낚아채지 못했지만 조그맣게 비명을 지르며 뭔가가 떨어지더니 와장창 유리 깨지는 소리가 들렸다. 그 소리에 앨리스는 흰토끼가 오이 온실이나 그 비슷한 데로 떨어진 것 같다고 결론 내렸다.

곧이어 흰토끼의 성난 목소리가 들렸다.

"팻! 팻! 어디 있어?"

그러자 앨리스가 한 번도 들어 본 적 없는 목소리가 대답했다.

"예, 여기 있습니다! 사과를 캐고 있습죠, 나리!"

"사과를 캐다니!"

흰토끼가 화가 나서 씩씩거렸다.

"당장 이리로 와! 이리 와서 나를 여기서 좀 꺼내 줘!"(유리

깨지는 소리가 더 심하게 들렸다.)

"팻, 창문 안의 저게 대체 뭔가?"

"팔인뎁쇼, 나리!"(실제로 그는 팔을 '폴'이라고 발음했다.)

"팔이라니, 이 멍청아! 저렇게 큰 팔 본 적 있어? 봐, 저건 창문을 통째로 가득 채우고 있잖아!"

"하지만 팔인뎁쇼, 나리. 아무리 뭐랍셔도 저건 팔인뎁쇼."

"뭐, 어찌 됐건 팔이 저기 있을 용무가 없잖아. 가서 치워!"

그 뒤 긴 침묵이 흘렀고 앨리스에게는 가끔 속닥거리는 소리만 들렸는데 예를 들면 "싫은뎁쇼, 나리. 정말 싫습니다요!", "이런 겁쟁이 녀석, 어서 시키는 대로 해!" 같은 소리였다. 마침내 앨리스는 다시 손을 쭉 내밀어 허공을 다시 한 번 낚아챘다. 이번에는 작은 비명 소리가 둘이었고 유리 깨지는 소리도 더 많이 들렸다.

'오이 온실이 정말로 많나 봐! 쟤들이 다음에는 무얼 할까? 나를 창문 밖으로 끌어내는 일이라면 제발 그래 줬으면 좋겠어. 더 이상 여기에 있고 싶지 않아!'

앨리스는 한동안 기다렸지만 더는 아무 소리도 들리지 않았다. 그러다가 마침내 작은 수레바퀴가 덜커덕거리는 소리와 함께 여럿이 동시에 말하는 소리가 들렸다. 그 가운데 앨리스가 알아들은 소리는 이러했다.

"다른 사다리는 어디 있어?"

"이런, 하나밖에 안 가져왔는데. 다른 사다리는 빌한테 있어.”

“이봐, 빌! 사다리를 이리로 가져와!”

“여기, 이쪽 모퉁이에 놔.”

“아니, 먼저 사다리 둘을 묶어야지.”

“아직 반도 안 닿잖아.”

“오! 제법 괜찮은데. 그렇게 꼼꼼히 할 건 없네.”

“여기, 빌! 이 밧줄을 잡아.”

“지붕이 무게를 지탱할까?”

“거기 헐거운 기왓장 조심해.”

“어어, 떨어진다! 머리들 숙여!”(크게 쿵 하는 소리.)

“그런데 누가 그런 거야?”

“빌이겠지.”

“누가 굴뚝을 내려가지?”

“싫어, 난 안 해! 네가 해!”

“그럼 나도 안 해!”

“빌이 내려가면 돼.”

“이봐, 빌! 주인 나리께서 자네더러 굴뚝을 내려가라시는데!”

“오! 그러니까 빌이란 자가 굴뚝으로 내려온단 거네?”

앨리스가 중얼거리기 시작했다.

“저런, 다들 빌에게 다 떠넘기네! 난 절대로 빌처럼 되지 말아야지. 벽난로가 좁긴 하지만 빌을 발로 살짝 차 버릴 순 있겠어!”

앨리스는 발을 최대한 굴뚝 아래쪽으로 끌어당기고 기다렸다. 작은 동물이(앨리스는 어떤 종류의 동물인지 짐작할 수 없었다.) 굴뚝 벽을 긁으며 타고 내려오면서 앨리스 쪽으로 가까이 다가오는 소리가 들렸다. 그러자 앨리스는 "빌이로군!" 하고 중얼거리며 세게 한 방 걷어찬 뒤 무슨 일이 벌어지는지 보려고 기다렸다.

처음으로 들린 소리는 여럿이 한꺼번에 외치는 소리였다.

"저기 빌이 날아간다!"

다음으로는 흰토끼의 목소리가 들렸다.

"빌을 잡아! 울타리 옆의 너 말이야!"

그러더니 침묵이 흘렀고 또다시 여러 목소리들이 뒤죽박죽으로 한데 뒤섞였다.

"머리를 받쳐 줘."

"이제 브랜디를 먹여."

"숨 막히지 않게 조심해."

"이봐, 어찌 된 건가? 무슨 일이 있었던 거야? 우리한테 다 얘기해 봐!"

마침내 희미하고 가냘프게 찍찍 우는 듯한 소리가 들렸다.('빌이로군.' 하고 앨리스는 생각했다.)

"저어, 그게 나도 잘 모르겠어. 아니, 그만 마셔도 될 것 같아. 이제 한결 나아졌어. ……하지만 하도 혼란스러워서 뭐라 말을 못하겠어. 내가 아는 거라곤 뭔가가 장난감 상자에서 툭 튀어나오듯 내게로 불쑥 다가오더니 내가 불꽃처럼 하늘로 치솟았단 거야!"

"이보게, 자넨 정말로 그랬다네!"

다른 목소리들이 말했다.

"집을 태워 버려야겠어!"

흰토끼의 목소리였다. 그 말에 앨리스가 목청껏 소리 높여 외쳤다.

"그랬다간 봐! 다이너를 풀어 모두 잡아 버릴 테야!"

순간 쥐 죽은 듯 침묵이 흘렀고 앨리스는 속으로 생각했다.

'쟤들이 이제 어떻게 할까? 생각이란 게 조금이라도 있다면 지붕을 뜯어내면 될 텐데.'

일이 분 뒤에 그들이 다시 이리저리 움직이기 시작했고 흰토끼가 말하는 소리가 들렸다.

"우선은 손수레 한 대분이면 될 거야."

'뭐가 손수레 한 대분이라는 거지?'

앨리스는 생각했다. 하지만 오래 궁금해할 필요가 없었다. 바로 다음 순간 창문으로 작은 조약돌들이 소나기처럼 후두두 쏟아져 들어왔기 때문이다. 조약돌 가운데 몇 개는 앨리스의 얼굴에 맞았다.

"당장 멈추게 해야겠어."

앨리스가 이렇게 혼잣말을 하고는 밖에 대고 크게 외쳤다.

"다시는 그런 짓을 하지 않는 게 좋을 거야!"

이 말에 또다시 쥐 죽은 듯 조용해졌다. 그런데 대단히 놀랍게도 바닥에 떨어진 조약돌들이 모두 작은 케이크로 변하고 있었다. 그걸 본 앨리스의 머릿속에 멋진 생각이 떠올랐다.

'이 케이크를 먹으면 틀림없이 내 몸 크기가 변할 거야. 여기서 더 커질 리는 없을 테니 분명 작아지겠지.'

그래서 앨리스는 케이크 하나를 꿀꺽 삼켰는데 곧바로 몸이 줄어들기 시작해서 몹시 기뻤다. 앨리스는 문을 통과할 수 있을 정도로 작아지자마자 집 밖으로 뛰쳐나갔다. 밖에는 작은 동물들과 새들이 무리를 지어 모여 있었다. 한가운데에 작고 불쌍한 도마뱀 빌이 있었는데 기니피그 두 마리가 빌의 머리를 받치고 병에 든 뭔가를 먹이고 있었다. 앨리스가 모습을 드러내기 무섭게 다들 앨리스에게로 달려들었지만 앨리스는 있는 힘을 다해 달아나 곧 울창한 숲 속으로 안전하게 피신했다.

"내가 맨 먼저 해야 할 일은 다시 원래 내 크기로 돌아가는 거야. 그다음으로 해야 할 일은 그 멋진 정원으로 가는 길을 찾는 거야. 그게 가장 좋은 계획 같아."

앨리스가 숲 속에서 이리저리 헤매며 중얼거렸다.

그것은 의심의 여지없이 훌륭한 계획이었고 아주 깔끔하고 간단히 처리할 수 있을 것 같았다. 단 하나의 문제는 그 계획을 어떻게 시작해야 할지 전혀 모른다는 것이었다. 앨리스가 나무 사이를 걱정스럽게 이리저리 살피고 있는데, 머리 위에서 작지만 날카롭게 짖는 소리가 들려서 얼른 고개를 들고 위를 올려다보았다.

거대한 강아지가 커다란 눈을 동그랗게 뜨고 앨리스를 내려다보며 앞발을 살짝 뻗어 앨리스를 툭 건드리려 하고 있었다.

"착하지, 멍멍아!"

앨리스가 달래는 듯한 목소리로 어르며 강아지에게 휘파람을 불어 주려고 했다. 하지만 강아지가 배가 고플지 모른다는 생각에 겁이 났다. 그런 경우라면 강아지를 아무리 잘 달래도 강아지가 자기를 잡아먹을 것만 같았다.

자기가 무슨 짓을 하는지도 알지 못한 채 앨리스는 작은 나무 막대기 하나를 집어 강아지에게 내밀었다. 그랬더니 강아지가 기쁜 듯이 멍멍 짖으며 곧바로 공중으로 펄쩍 뛰어올라 달려들어 나무 막대기를 물고 흔들려고 했다. 앨리스는 강아지에게 치어 넘어지지 않으려고 커다란 엉겅퀴 뒤로 재빨리 몸을 피했다.

그리고 앨리스가 반대쪽에서 다시 모습을 드러낸 순간, 강아지는 또다시 달려들었고 나무 막대기를 잡으려고 서두르다가 거꾸로 나동그라지고 말았다.

앨리스는 지금 상황이 짐마차 말과 한판 게임을 벌이는 것과 아주 비슷하다고 생각했다. 그래서 매 순간 강아지의 발에 짓밟힐까 봐 염려하며 다시 엉겅퀴 주위를 돌았다. 그러자 강아지가 나무 막대기에 연달아 짧게 돌진하기 시작했다. 그리고 목이 쉬도록 짖어 대며 살짝 앞으로 뛰어왔다 뒤로 한참 물러나기를 반복했다. 그러더니 마침내 혀를 쭉 늘어뜨리며 헐떡거렸고 커다란 눈을 반쯤 감으며 털썩 주저앉았다.

앨리스가 도망칠 절호의 기회였다. 그래서 앨리스는 곧바로 도망치기 시작해, 완전히 지치고 숨이 턱에 닿고 강아지 짖는 소리가 멀리에서 아주 희미하게 들릴 때까지 계속 내달렸다.

"그래도 정말 사랑스런 강아지였어!"

앨리스가 미나리아재비에 기대 숨을 고르며 잎사귀를 하나 따서 부채질을 했다. 앨리스가 중얼거렸다.

"그 강아지에게 이런저런 재주를 가르쳤으면 얼마나 좋았을까. 그러니까 내가 그러기에 적당한 크기였다면 말이야! 맙소사! 다시 커져야 한단 사실을 깜박하고 있었네. 어디 보자, 어떻게 하면 다시 커질 수 있을까? 뭔가를 마시거나 먹어야 할 것 같은데. 하지만 중요한 문제는 그 뭔가가 '뭐냐'는 것이지."

확실히 중요한 문제는 그게 '뭐냐'는 것이었다. 앨리스는 사방에 피어 있는 꽃과 풀잎들을 둘러봤지만 이 상황에서 먹거나 마시기에 적당해 보이는 것은 하나도 없었다. 앨리스 가까이에 앨리스의 키만 한 커다란 버섯이 하나 있었다. 앨리스는 버섯의 아래, 양옆, 뒤를 모두 살펴보다가 버섯 위에도 뭐가 있나 살펴보는 게 좋겠다는 생각이 들었다.

앨리스는 까치발을 하고 몸을 쭉 빼서 버섯 가장자리 너머로 버섯 위를 슬쩍 엿봤는데 커다란 파란색 쐐기벌레와 눈이 딱 마주쳤다. 쐐기벌레는 버섯 위에서 팔짱을 낀 채 조용히 긴 물담뱃대를 빨고 앉아 있었는데 앨리스에게도, 다른 어떤 것에도 전혀 신경 쓰지 않는 듯했다.

쐐기벌레와 앨리스는 한동안 서로를 말없이 쳐다봤다. 마침내 쐐기벌레가 입에서 물담뱃대를 떼고 나른하고 졸린 듯한 목소리로 앨리스에게 말을 걸었다.

"넌 누구야?"

쐐기벌레가 물었다. 이런 식으로 말을 걸면 대화를 이어 갈 의욕이 꺾인다. 앨리스는 다소 멋쩍어하며 대답했다.

"그게, 저…… 잘 모르겠어요. 바로 지금은 제가 누군지 잘 모르겠어요. 적어도 오늘 아침에 일어날 때까지만 해도 제가 누군지 알았는데. 하지만 오늘 아침 이후로 여러 번 바뀐 것 같아요."

"그게 무슨 말이야? 제대로 알아듣게 설명해 봐!"

쐐기벌레가 엄하게 말했다.

"제대로 알아듣게 설명을 못하겠어요. 전 제가 아니니까요,

보시다시피요."

"안 보여."

"더 분명하게 설명드리지 못하겠어요. 우선 제 자신도 이해가
되지 않으니까요. 그리고 하루에 몸 크기가 이랬다저랬다 많이
변하는 건 진짜 헷갈리거든요."

앨리스가 아주 공손하게 대꾸했다.

"안 헷갈려."

"뭐, 아직 겪어 보지 않으셔서 그런가 보네요. 하지만 당신은
번데기가 돼야 하고…… 아시다시피 언젠간 당신은 번데기로 변할
거예요. 그런 뒤 나비가 될 때 좀 이상한 기분이 들지 않겠어요?"

"전혀 안 들어."

"그래요, 당신의 기분은 다를지도 모르겠군요. 하지만 그런
일을 겪을 때 기분이 아주 이상할 것 같아요. '저'라면 말이죠."

"'너'라면 이라고! 대체 네가 누군데?"

쐐기벌레가 경멸하듯 말했다. 그 질문은 다시 그들의 대화를 처
음으로 돌려놓았다. 앨리스는 짧게 툭툭 내뱉는 쐐기벌레의 말투
에 슬슬 짜증이 나서 자세를 꼿꼿이 하고 아주 엄숙하게 말했다.

"먼저 당신이 누구신지부터 밝혀야 하지 않을까요?"

"왜?"

쐐기벌레가 물었다.

또다시 헷갈리는 질문을 받자 앨리스는 그럴싸한 대답이 생
각나지 않았고 쐐기벌레의 심기도 아주 불편한 것 같아 보여서

그냥 뒤돌아 걷기 시작했다.

"돌아와! 중요하게 할 말이 있어!"

쐐기벌레가 앨리스의 뒤에 대고 외쳤다. 아주 솔깃한 말이었다. 앨리스는 돌아서서 되돌아왔다.

"화를 참아."

쐐기벌레가 말했다.

"그게 다예요?"

앨리스가 치밀어 오르는 분노를 꾹 참으며 물었다.

"아니."

앨리스는 딱히 할 일도 없고 해서 기다리기로 했다. 그러다 보면 결국 쐐기벌레가 뭔가 들을 만한 가치가 있는 말을 해 줄 것도 같았다. 한동안 쐐기벌레는 아무 말 없이 담배만 뻐끔뻐끔 피워 대더니 마침내 팔짱을 풀고 물담뱃대를 입에서 떼고는 말했다.

"그러니까 네가 변했다고 생각한다고?"

"그런 것 같아요. 전에 알던 것들이 기억나지 않아요. 그리고 몸집도 같은 크기를 10분도 유지하지 못해요!"

"어떤 것들이 기억나지 않지?"

"그러니까 제가 「어떻게 그 바쁜 꼬마 벌이……」를 외워 보려 했지만 완전히 딴 시가 나오는 거예요!"

앨리스는 아주 우울한 목소리로 대답했다.

"「윌리엄 신부님, 당신은 늙으셨어요.」를 외워 봐."

앨리스가 두 손을 모아 쥐고 시를 외우기 시작했다.

"윌리엄 신부님, 당신은 늙으셨어요." 젊은이가 말했네.

"머리카락도 하얗게 세셨고요.

그런데도 계속 물구나무를 서고 계시다니

그 연세에 그래도 괜찮을까요?"

"내가 젊었을 때." 윌리엄 신부가 젊은이에게 말했네.

"물구나무를 서다가 뇌를 다칠까 봐 겁이 났는데

지금은 뇌가 텅 비었으니,

자꾸자꾸 하게 되지 뭔가."

"말씀드렸다시피 신부님은 늙으셨어요." 젊은이가 말했네.

"그리고 엄청나게 뚱뚱하기까지 하시고요.

그런데도 문간에서 공중제비를 돌며 들어오시는군요.

도대체 왜 그러시는 거예요?"

"내가 젊었을 때." 지혜로운 노인이 흰머리를 흔들며 말했네.

"팔다리를 아주 유연하게 만들어 둔 덕분이지.

한 통에 일 실링 하는 이 연고를 발라서 말이야.

자네도 두어 통 사지 않겠나?"

“신부님은 늙으셨어요.” 젊은이가 말했네.

“턱도 아주 약해서 비계보다 질긴 음식은 씹지도 못하시고요.

그런데도 거위 고기를 뼈와 부리까지 몽땅 다 드시다니

도대체 그 비결이 뭔가요?”

“내가 젊었을 때.” 신부님이 말했네.

“경찰서에 가서 매번 마누라랑 입씨름을 벌이다 보니

턱 근육이 단련돼서

지금까지 버티는 것 아니겠나.”

"신부님은 늙으셨어요." 젊은이가 말했네.

"시력도 예전 같지 않으실 테고요.

그런데도 뱀장어를 코끝에 올려놓고 균형을 잡으시다니

어쩌면 그렇게 재주가 좋으세요?"

"세 가지나 답해 줬으면 이제 됐지 않아?" 신부님이 말했네.

"잘난 척 좀 그만하라고!

내가 하루 종일 그딴 소리나 듣고 있을 줄 알았나?

당장 꺼져. 그렇지 않으면 뻥 차서 내쫓아 버릴 테니!"

“안 맞아.”

쐐기벌레가 말했다.

“완전히 맞지는 않았을 거예요. 몇 군데 낱말이 바뀌었어요.”

앨리스가 쭈뼛거리며 둘러댔다.

“처음부터 끝까지 다 틀렸어.”

쐐기벌레가 단호히 말했고 그런 뒤 한동안 침묵이 흘렀다. 먼저 말문을 연 것은 쐐기벌레였다.

“키가 얼마나 됐으면 좋겠어?”

쐐기벌레가 물었다.

“오, 전 키에 대해 까다롭진 않아요. 하지만 그렇게 자주 변하는 걸 좋아할 사람은 없단 거, 당신도 잘 아시잖아요.”

“난 몰라.”

쐐기벌레가 말했다. 앨리스는 아무 말도 하지 않았다. 이토록 반박하는 말을 많이 들어 본 건 평생 처음이어서 슬슬 화가 치밀어 오르기 시작했다.

“지금은 만족해?”

쐐기벌레가 물었다.

“음, 조금 더 커졌으면 좋겠어요. 8센티미터는 형편없는 키거든요.”

“딱 좋은 키지!”

쐐기벌레가 버럭 화를 내며 몸을 꼿꼿이 세웠다.(쐐기벌레의 키는 정확히 8센티미터였다.)

"하지만 전 이 키에 익숙하지 않은걸요!"

가엾은 앨리스가 애처로운 목소리로 항변했다. 그러고는 속으로 '쐐기벌레가 이렇게 쉽게 화내지 않으면 얼마나 좋을까!' 하고 생각했다.

"시간이 지나면 익숙해질 거야."

쐐기벌레가 말하고는 물담뱃대를 입에 물고 다시 담배를 피우기 시작했다.

앨리스는 쐐기벌레가 다시 말할 때까지 참을성 있게 기다렸다. 일이 분이 지나자 쐐기벌레가 물담뱃대를 입에서 빼고 하품을 한두 번 하더니 몸을 흔들었다. 그런 뒤 버섯에서 내려가 풀숲으로 기어들어가며 짤막하게 한 마디 했다.

"한쪽은 더 커지게 하고 반대쪽은 더 작아지게 해."

'무엇의 한쪽이지? 무엇의 반대쪽이람?'

앨리스는 속으로 생각했다.

"버섯 말이야."

마치 앨리스가 그 생각을 입 밖으로 내어 큰 소리로 묻기라도 한 것처럼 쐐기벌레가 대답하고는 시야에서 사라졌다.

앨리스는 버섯의 한쪽과 반대쪽이란 과연 어디를 말하는지 알아내려고 잠시 생각에 잠겨 버섯을 바라보았다. 그런데 버섯은 완전히 동그래서 알아내기가 꽤 어려운 문제였다. 하지만 마침내 앨리스는 최대한으로 팔을 쭉 뻗어 버섯을 안고는 양손 끝에 닿는 부분을 각각 조금씩 떼어 냈다.

“그런데 어느 쪽이 커지는 쪽이고 어느 쪽이 작아지는 쪽이지?”

앨리스가 혼잣말을 하며 효과를 시험해 보려고 오른손에 든 버섯 조각을 조금 물어뜯어 보았다. 다음 순간 앨리스의 턱이 뭔가에 세게 탁 부딪쳤다. 앨리스의 턱이 자신의 발에 부딪친 것이었다!

이런 아주 갑작스런 변화에 앨리스는 완전히 겁에 질렸지만 급속도로 빠르게 줄어들고 있어서 머뭇거릴 시간이 없었다. 그래서 앨리스는 당장 다른 손에 쥔 버섯 조각을 먹기로 했다. 턱이 발에 딱 붙어 있어서 입을 벌리기도 힘들었지만 마침내 입을 벌려 왼쪽 손에 쥐고 있던 버섯 조각을 가까스로 꿀꺽 삼켰다.

＊　＊　＊　＊　＊

“됐어! 이젠 머리를 마음대로 움직일 수 있어!”

앨리스가 기쁨에 겨운 목소리로 소리쳤지만 다음 순간 잔뜩 놀란 목소리로 바뀌었다. 자기 어깨가 어디에도 보이지 않았던 것이다. 아래를 내려다보니 보이는 것이라고는 어마어마하게 긴 목뿐이었는데, 저 아래에 있는 초록 잎의 바다에서 나무줄기처럼 우뚝 솟아올라 있는 것 같았다.

“저 초록 바다는 뭐지? 그리고 내 어깨는 어디로 간 거야? 그리고 오, 나의 불쌍한 손들아, 어째서 보이질 않니?”

앨리스는 이렇게 말하면서 어깨와 손을 이리저리 움직여 봤지만 저 멀리 아래에 있는 초록 잎들이 살짝 흔들렸을 뿐 아무 성과도 없는 것 같았다.

손을 머리까지 올릴 가망은 없어 보였으므로 머리를 손까지 내려 보기로 했다. 그런데 목이 꼭 뱀처럼 자유자재로 어느 방향으로든 구부러진다는 걸 알고 뛸 듯이 기뻤다. 앨리스는 우아한 지그재그 모양으로 곡선을 그리며 목을 아래로 내리는 데 성공했다. 목을 초록 잎들 사이로 들이밀었는데 그곳은 앨리스가 헤매고 있던 숲의 나무 꼭대기에 불과했다. 바로 그때 날카롭게 쉭쉭거리는 소리가 들려 급히 물러섰다. 커다란 비둘기 한 마리가 앨리스의 얼굴로 날아오더니 날개로 세게 쳤다.

"뱀이다!"

비둘기가 소리쳤다.

"난 뱀이 아냐! 저리 가!"

앨리스가 벌컥 화를 냈다.

"다시 말하지만 넌 뱀이야!"

비둘기가 되풀이해 소리쳤지만 이번에는 다소 누그러진 목소리로 흐느끼듯 덧붙여 말했다.

"온갖 방법을 써 봤지만 다 부질없어!"

"네가 무슨 소릴 하는지 도통 알아들을 수가 없어."

앨리스가 말했다. 비둘기는 앨리스의 말은 들은 척도 않고 자기 할 말만 계속했다.

"나무뿌리에도, 강둑에도, 산울타리에도 가 봤어. 하지만 그 지긋지긋한 뱀 녀석들! 뱀 녀석들을 당해 낼 재간이 없어!"

앨리스는 더욱더 어리둥절해졌지만 비둘기가 말을 마치기 전까지는 끼어들어 말해 봤자 아무 소용이 없을 것 같았다.

"알을 품는 것만으로도 힘들어 죽겠는데 밤낮으로 뱀까지 경계해야 해! 휴우, 난 지난 삼 주 동안 한숨도 못 잤어!"

"그렇게 괴로웠다니 정말 안됐다."

앨리스는 이제 겨우 비둘기의 말뜻이 이해되기 시작했다.

"그리고 숲에서 가장 높은 나무를 골라 둥지를 틀어서 이제 드디어 뱀에게서 자유로워지나 보다 싶었는데 뱀이 하늘에서 꿈틀거리며 내려오기까지 하다니! 아악, 뱀 녀석!"

비둘기가 거의 악을 쓰다시피 목청 높여 말했다.

"하지만 난 뱀이 아냐, 정말이야! 나는…… 난…….."

"그래! 그렇담 넌 뭔데? 네가 수작 부리려는 거 내가 모를 줄 알아!"

"나는…… 그러니까 난 여자 애야."

앨리스는 그날 자기가 얼마나 여러 번 변했는지 떠올라 다소 우물쭈물 대답했다.

"아하, 그러셔?"

비둘기가 아주 심하게 경멸스런 투로 비꼬았다.

"살면서 여자 애들을 많이 봤지만 너처럼 그런 목을 가진 여자 애는 하나도 없었어! 전혀 없었어! 절대로 없었고말고! 넌 뱀

이야. 아무리 아니라고 해도 소용없어. 다음엔 알을 한 번도 먹은 적이 없다고 말하겠는걸!"

"물론 알은 먹은 적이 있어. 하지만 여자 애들도 뱀만큼이나 알을 많이 먹어. 너도 알잖니."

아주 정직한 아이인 앨리스가 말했다.

"난 그 말을 믿지 않아. 하지만 여자 애들이 알을 먹는다면 여자 애들도 뱀의 일종인 게 틀림없어."

비둘기가 말했다. 그것은 앨리스에게 대단히 새로운 발상이어서 잠깐 동안 아무 말도 하지 못했다. 그 틈을 타 비둘기가 계속 쏘아붙였다.

"너, 알을 찾고 있었지? 누가 모를 줄 알아? 그리고 네가 여자 애든 뱀이든 그게 나한테 뭐가 중요해?"

"나한테는 아주 중요하단 말이야!"

앨리스가 급하게 대답하고는 말을 이어 갔다.

"하지만 아무튼 난 지금 알을 찾고 있는 게 아냐. 내가 알을 찾고 있었대도 네 알은 안 가져가. 난 알을 날로 먹는 건 싫어하거든."

"그래, 그렇다면 썩 꺼져!"

비둘기가 다시 둥지에 내려앉으며 샐쭉하니 쏘아붙였다. 앨리스는 목이 계속 나뭇가지에 걸리고 얽혀서 최대한 나무 사이로 몸을 웅크렸지만 중간중간 멈춰서 얽힌 목을 풀어야 했다. 잠시 후 앨리스는 아직 손에 버섯 조각을 쥐고 있는 것이 생각났다. 아주 조심스럽게 한쪽 손의 버섯을 조금 뜯어 먹고 그런 다음 다른 쪽 손의 버섯을 조금 뜯어 먹으면서 커졌다 작아졌다 반복한 끝에 마침내 평소의 키로 돌아오는 데 성공했다.

워낙 오랜만에 정상 크기 비슷하게 돌아가다 보니 앨리스는 기분이 굉장히 낯설었지만 금방 익숙해져서 평소처럼 혼자서 종알거리기 시작했다.

"됐어, 이제 내 계획의 절반이 이루어졌어! 이렇게 자꾸 바뀌니까 얼마나 헷갈리는지 몰라! 시시각각으로 바뀌니 일 분 뒤에 내가 어떻게 될지 전혀 알 수가 없어! 하지만 원래 크기로 돌아왔으니 다음으로 할 일은 그 아름다운 정원으로 나가는 거야. 그런데 그러려면 어떻게 해야 하지?"

이 말을 하는 순간 갑자기 탁 트인 공간이 나타났는데 그곳에는 높이가 일 미터가 조금 넘는 작은 집이 있었다.

"저 집에 누가 살든지 이런 크기로는 집주인 앞에 갈 수 없어. 그랬다간 집주인이 까무러치게 놀랄 거야!"

그래서 앨리스는 다시 오른쪽 손에 든 버섯 조각을 조금씩 갉아 먹었고 20센티미터 정도로 작아지고 나서야 비로소 그 집 가까이로 다가갔다.

앨리스는 잠시 그 집을 바라보며 이제 어떻게 할까 생각에 잠겨 서 있었다. 그런데 갑자기 제복을 입은 하인이 숲 속에서 뛰어나오더니(앨리스는 그 사람이 제복을 입고 있어서 하인인 줄 알았다. 그렇지 않고 얼굴만 보았더라면 물고기라고 했을 것이다.) 주먹으로 현관문을 소란스럽게 탕탕 두들겼다. 제복을 입은 또 다른 하인이 안에서 현관문을 열었는데 그 하인은 얼굴이 동그랗고 개구리처럼 눈이 커다랬다. 앨리스는 두 하인 모두 분을 뿌린 곱슬머리 가발을 쓰고 있는 것을 알아챘다. 앨리스는 도대체 무슨 일인지 호기심이 잔뜩 나서 숲에서 살짝 빠져나와 귀를 쫑긋 세웠다.

먼저 물고기 하인이 옆구리에 끼고 있던 자기 몸집만 한 커다란 봉투를 빼내 다른 하인에게 건네며 엄숙한 목소리로 말했다.

"공작 부인 앞으로, 여왕 폐하께서 보내신 크로케 경기 초대 장입니다."

개구리 하인이 낱말의 순서만 살짝 바꿔 똑같이 엄숙한 목소 리로 따라 말했다.

"여왕 폐하께서 공작 부인 앞으로 보내신 크로케 경기 초대장 이로군요."

그런 다음 둘 다 머리 숙여 공손히 절을 했는데 둘의 곱슬머 리가 서로 엉켜 버렸다.

이 모습에 앨리스는 웃음보가 터져 까르르 웃다가 하인들이 웃음소리를 들을까 봐 숲 속으로 다시 뛰어들어갔다. 그런 다음 몰래 내다봤을 때는 물고기 하인은 이미 돌아가고 없었고 개구 리 하인은 현관문 근처의 땅바닥에 앉아 멍하니 하늘을 올려다 보고 있었다.

앨리스는 현관문 쪽으로 주뼛주뼛 다가가 문을 두드렸다.

"문을 두드려 봤자 아무 소용없어."

개구리 하인이 말했다.

"두 가지 이유 때문이지. 첫째는 내가 너와 같이 밖에 있기 때문이고, 둘째는 집 안이 너무 시끄러워서 아무도 네가 문 두드 리는 소리를 들을 수 없기 때문이야."

정말로 안에서는 예사롭지 않은 소리가 나고 있었는데, 끊임 없이 울부짖고 재채기하는 소리가 나고 가끔씩은 접시나 주전자 가 산산조각이라도 나는 듯 와장창하는 소리가 났다.

"그렇다면 집 안으로 어떻게 들어가죠?"

"우리 사이에 문이 있다면 네가 문을 두드리는 게 의미가 있겠지."

개구리 하인은 앨리스의 질문은 들은 척도 않고 자기 말만 계속했다.

"예를 들어 네가 안에서 문을 두드리면 내가 너를 밖으로 나오게 해 줄 수 있어."

하인은 말하는 동안 내내 하늘을 올려다보고 있었는데 앨리스는 그게 정말 무례한 태도라고 생각했다.

"하지만 자기도 어쩔 수 없는 건지도 몰라. 눈이 거의 머리 꼭대기에 붙어 있으니까 말이야. 하지만 적어도 질문에 대답은 해 줄 수 있겠지."

앨리스가 혼자 중얼거렸다.

"집 안으로 어떻게 들어가죠?"

앨리스가 다시 큰 소리로 물었다.

"나는 여기에 앉아 있을 거야. 내일까지……."

바로 그 순간 현관문이 홱 열리며 큰 접시가 하인의 머리 쪽으로 곧장 날아왔다. 접시는 하인의 코를 아슬아슬하게 스치고 지나가 하인 뒤의 나무에 부딪쳐 산산조각이 났다.

"아니, 어쩌면 모레까지……."

하인은 마치 아무 일도 일어나지 않은 것처럼 똑같은 어조로 계속 말했다.

“어떻게 하면 안으로 들어갈 수 있냐고요?”

앨리스가 목청을 더 높여 다시 물었다.

“네가 정말로 들어가고 싶은가, 그것부터 먼저 확실히 해야지.”

분명 맞는 말이긴 했지만 앨리스는 그런 말은 듣고 싶지 않았다.

“정말 끔찍해. 동물들이 다들 어찌나 꼬치꼬치 따지고 드는지. 정말 돌아 버리겠어!”

앨리스가 혼자 투덜거렸다. 하인은 이때다 싶은 모양인지 말을 이리저리 바꿔 가며 되풀이했다.

“나는 여기에 앉아 있을 거야. 일이 있건 없건, 몇 날 며칠이고.”

“하지만 난 어떡하라고요?”

앨리스가 물었다.

하인은 “넌 네 좋을 대로 해.”라고 대답한 뒤 휘파람을 불기 시작했다.

“아, 이 하인하고는 말해 봤자 아무 소용없겠어. 완전히 바보 멍청이잖아!”

앨리스가 절망하여 중얼거리고는 현관문을 열고 들어갔다.

현관문을 열자 곧바로 커다란 부엌이 나왔는데 이쪽 끝에서 저쪽 끝까지 연기로 가득했다. 공작 부인이 한가운데에 있는 세 발 의자에 앉아 아기를 돌보고 있었고 요리사가 불 위로 몸을 숙이고 수프로 가득해 보이는 커다란 솥을 젓고 있었다.

"수프에 후추가 엄청나게 많이 들어갔나 봐!"

앨리스는 연신 재채기가 나서 혼잣말도 겨우 했다. 정말이지 공기 중에는 후추 냄새가 진동을 했다. 공작 부인도 이따금 재채기를 했고, 아기는 한순간도 쉬지 않고 재채기를 하거나 울부짖고 있었다. 부엌에서 재채기를 하고 있지 않은 건 요리사와 화덕 가까이에 엎드려 입이 귀에 걸리도록 씩 웃고 있는 커다란 고양이뿐이었다.

"저기, 댁의 고양이가 왜 저렇게 웃고 있는지 여쭤도 될까요?"

앨리스는 먼저 말을 거는 것이 결례가 되는 일이 아닐까 싶어 약간 머뭇거리며 말을 걸었다.

"체셔 고양이(*체셔 고양이는 '항상 웃는 사람'을 뜻하기도 한다.)니까 그렇지. 이 돼지야!"

공작 부인이 대답하면서 마지막 단어를 난데없이 버럭 내지르는 바람에 앨리스는 화들짝 놀랐다. 하지만 다음 순간 자기가 아니라 아기에게 한 말인 줄 깨닫고는 용기를 내서 다시 말을 이어 갔다.

"체셔 고양이가 항상 웃는 줄 몰랐어요. 사실 전 고양이가 웃을 수 있는지도 몰랐어요."

"고양이들은 다 웃을 수 있고 실제로 대부분의 고양이들이 다 웃고 다녀."

공작 부인이 말했다.

"저는 그런 고양이를 하나도 알지 못하는걸요."

앨리스가 대화를 나누게 되어 굉장히 기뻐하며 아주 정중하게 말했다.

"넌 별로 아는 게 없군. 틀림없이 그래."

공작 부인이 말했다.

앨리스는 공작 부인의 그런 말투가 전혀 마음에 들지 않아서 다른 대화 주제를 꺼내는 것이 좋겠다고 생각했다. 앨리스가 주제를 하나 고르려고 애쓰는 동안, 요리사가 솥을 불에서 내리더니 곧바로 손에 닿는 건 뭐든 닥치는 대로 공작 부인과 아기에게로 던지기 시작했다. 처음에는 부지깽이가 날아왔고 그다음에는 소스 냄비, 접시, 그릇들이 소나기처럼 쏟아져 날아왔다. 공작 부인은 거기에 맞고도 아주 태연했다. 그리고 아기는 아까부터 시끄럽게 울부짖고 있었기 때문에 요리사가 던진 물건에 맞아 아파서 우는 것인지 아닌지 분간하기가 전혀 불가능했다.

"무슨 짓을 하는 거예요!"

앨리스가 기겁하며 펄쩍펄쩍 뛰면서 소리쳤다.

"아악, 아기의 예쁜 코에 맞겠어요!"

엄청나게 큰 소스 냄비가 아기의 코 옆을 아슬아슬하게 스쳐 지나가 하마터면 아기의 코가 떨어져 나갈 뻔했다.

"모두가 자기 할 일에 신경을 쓴다면 세상이 지금보다 훨씬 더 빨리 돌아갈 텐데."

공작 부인이 쉰 목소리로 투덜거렸다.

"그래 봤자 이로울 건 없어요."

앨리스는 자신의 지식을 조금 과시할 기회를 잡게 되어 아주 기쁜 마음으로 이야기하기 시작했다.

"그러면 낮과 밤에 어떤 혼란을 야기할지 생각해 보세요! 지구는 '자전축'이라는 걸 중심으로 한 바퀴 도는 데 스물네 시간이 걸리는……."

"축이라? 죽이라고? 말이 나온 김에 저 애의 목을 쳐 버려!"

공작 부인이 외쳤다. 앨리스는 요리사를 상당히 걱정스럽게 흘끗 쳐다보았다. 그리고 요리사가 공작 부인의 말을 알아챘는지 살폈다. 하지만 요리사는 수프를 젓느라 바빠 아무 말도 귀담아듣고 있지 않는 것 같아서 앨리스는 다시 말을 이어 갔다.

"그런데 스물네 시간이 맞나요? 아니면 열두 시간인가요? 저는……."

"아, 제발 날 귀찮게 하지 마! 난 숫자라면 딱 질색이니까!"

공작 부인이 버럭 소리쳤다. 그러고 나서 공작 부인은 아기를 돌보기 시작했는데, 자장가 비슷한 것을 불러 주며 한 소절이 끝날 때마다 아기를 난폭하게 흔들어 댔다.

꼬마 녀석에겐 거칠게 말해야 해.

재채기를 하면 두들겨 패 줘야 해.

녀석은 성가시게 굴려고 일부러 그래.

그게 사람들을 괴롭히는 일이란 걸 잘 알아서 그래.

(합창, 요리사와 아기도 함께)

와우! 와우! 와우!

공작 부인이 이 절을 부르면서 아기를 난폭하게 위아래로 집어던졌다 받았다 하는 바람에 아기가 목 놓아 울부짖었다. 그래서 앨리스에게는 가사가 거의 들리지 않을 지경이었다.

난 내 아들 녀석에게 엄하게 말하지.
재채기를 하면 두들겨 패 주지.
녀석은 원하면 언제든
맘껏 후추를 즐길 수 있거든!

(합창)
와우! 와우! 와우!

"자! 원한다면 아기를 돌봐도 좋아!"

공작 부인이 이렇게 말하며 아기를 앨리스에게 휙 내던졌다. 그리고 "난 가서 여왕 폐하와 크로케 경기를 할 준비를 해야겠어."라고 덧붙이고 서둘러 자리를 떴다. 요리사가 그곳을 빠져나가는 공작 부인의 뒤에 대고 프라이팬을 던졌는데 아슬아슬하게 빗나갔다.

아기가 기묘하게 생긴 데다 팔다리를 사방으로 버둥거려서 앨리스는 '꼭 불가사리 같네.' 하고 생각하며 아주 힘겹게 안았다. 그 불쌍한 어린것은 앨리스의 품에 안기자 증기 기관차처럼 콧김을 내뿜으며 계속해서 몸을 접었다 폈다 반복했다. 그래서 앨리스는 처음 일이 분 동안은 아기를 안고 있으려고 안간힘을 써야 했다.

그리고 나름대로 아기를 안는 방법을 터득하자마자(그 방법이란 아기를 매듭처럼 비튼 다음 아기가 몸을 풀지 못하게 오른

쪽 귀와 왼쪽 발을 꽉 붙잡고 있는 것이었다.) 바깥바람을 쐬러 아기를 데리고 밖으로 나갔다.

'내가 이 아기를 데려가지 않으면 틀림없이 그 사람들이 이 아기를 하루 이틀 사이에 죽이고 말 거야. 아기를 그냥 놔두고 간다면 그건 살인이나 다름없어.'

앨리스는 이렇게 생각하다 마지막 부분을 크게 소리 내어 입 밖으로 내뱉었다. 그러자 그 어린것이 대답하듯 꿀꿀거렸다.(이때쯤 아기는 재채기가 멎어 있었다.)

"꿀꿀거리지 마. 그렇게 말하면 못써."

앨리스가 말했다. 아기가 다시 꿀꿀거리자 앨리스는 무슨 문제가 있나 싶어서 아기의 얼굴을 아주 걱정스레 들여다봤다. 그런데 아기의 코는 사람의 코보다 돼지 주둥이에 훨씬 더 가까운, 완전한 들창코였고 눈은 아기의 눈치고 심하게 작아져 있었다. 앨리스는 그 모습이 전혀 마음에 들지 않았다.

'하지만 아기가 울어서 이렇게 보이는 걸지도 몰라.'

앨리스는 눈물이 있나 보려고 다시 아기의 눈을 들여다보았다. 아니었다. 아기의 눈에 눈물은 없었다.

"아가, 네가 돼지로 변하면 난 더 이상 너를 돌볼 이유가 없어. 알겠니?"

앨리스가 진지하게 말했다.

그 가엾은 어린것이 또다시 흐느껴 울었고(어쩌면 꿀꿀거린 것일 수도 있지만 어느 쪽인지 분간할 수 없었다.) 둘은 한동안

말없이 계속해서 길을 갔다.

'이제 내가 이 아기를 집에 데려가서 어떻게 해야 하지?'

앨리스가 이런 생각을 하는 순간 아기가 다시 아주 심하게 꿀 꿀거렸다. 그 바람에 앨리스는 조금 놀라서 아기의 얼굴을 내려 다보았다. 이번에는 도저히 착각할 수가 없었다. 그것은 더도 덜도 아닌 틀림없는 돼지였고 앨리스는 자기가 계속 그것을 안 고 가는 건 정말 터무니없는 일이라고 생각했다.

그래서 앨리스는 그 어린것을 내려놓았고 그것이 총총대며 숲 속으로 조용히 걸어가는 것을 보고는 마음이 푹 놓였다.

"저게 사람이었다면 자라서 끔찍하게 못생긴 아이가 되었을 거야. 하지만 지금은 제법 잘생긴 돼지가 된 것 같아."

앨리스는 이렇게 혼잣말을 하고 자신이 아는 아이들 가운데 돼지였으면 훨씬 좋았을 법한 아이들을 하나씩 떠올려 보았다.

앨리스가 "그 애들을 돼지로 바꾸는 방법을 알기만 한다 면……." 하고 막 중얼거리던 순간, 몇 미터 떨어진 곳의 나뭇가 지에 앉아 있는 체셔 고양이를 보고 움찔 놀랐다.

체셔 고양이는 앨리스를 보고 그저 씩 웃을 뿐이었다. 앨리스 는 '온순해 보이네.' 하고 생각했다. 그래도 발톱이 엄청나게 길 고 날카로운 이빨도 많아 보여서 공손히 대해야 할 것 같았다.

"체셔 야옹아."

앨리스는 체셔 고양이가 그렇게 부르는 걸 마음에 들어 할지 어떨지 전혀 감이 잡히지 않아서 다소 머뭇거리며 말을 걸었다.

하지만 고양이는 조금 더 활짝 웃기만 할 뿐이었다.

'그래, 지금까지는 맘에 드나 봐.'

앨리스는 이렇게 생각하며 말을 계속 이어 갔다.

"저기, 내가 여기에서 어느 쪽으로 가야 할지 알려 줄래?"

"네가 가고 싶은 곳이 어디냐에 따라 달라."

체셔 고양이가 대답했다.

"어디든 별로 상관없는데……."

"그렇다면 네가 어느 쪽으로 가든 상관없잖아."

"내가 어딘가에 도착할 수 있기만 하다면 말이야."

앨리스가 설명을 덧붙였다.

"아, 넌 틀림없이 어딘가에 도착하게 되어 있어. 걷다 보면 어딘가에 도착하게 되어 있는 법이니까."

앨리스는 아니라고 부정할 수 없는 이야기 같아서 다른 질문을 던졌다.

"여기 주위엔 어떤 사람들이 사니?"

"저쪽에는."

체셔 고양이가 오른쪽 발을 들어 빙 돌리며 말했다.

"모자 장수가 살고, 저쪽에는."

체셔 고양이가 다른 쪽 발을 들어 가리키며 말했다.

"삼월 토끼가 살아. 둘 다 미쳤으니(*예전의 모자 장수들은 모자를 만들다 수은 중독으로 정신 이상 증세를 보이는 경우가 많았고, 토끼들은 3월이면 발정기가 되어 난폭해지고 미쳐 날뛴다.) 아무 데나 네가 가고 싶은 곳으로 찾아가 봐."

"하지만 난 미친 사람들에게는 가고 싶지 않아."

"아, 그거야 어쩔 도리가 없어. 여기 있는 우리는 모두 미쳤으니까. 나도 미쳤고 너도 미쳤지."

"내가 미친 건 어떻게 알아?"

앨리스가 물었다.

"넌 틀림없이 미쳤어. 미치지 않고서야 여기에 왔겠니?"

앨리스는 전혀 신빙성이 없는 말이라고 생각했지만 계속 질문했다.

"그럼 네가 미친 건 어떻게 아는데?"

"우선 개는 미치지 않았어. 인정하지?"

"그런 것 같아."

"그렇다면 넌 개가 화날 때면 으르렁거리고 기쁠 때면 꼬리를 흔든다는 것도 알 거야. 그런데 난 기쁠 때면 으르렁거리고 화날 때면 꼬리를 흔들어. 그러니까 난 미친 거야."

"그건 으르렁거리는 게 아니라 가르랑거린다고 하는 거야."

"그거야 네가 좋을 대로 불러. 그나저나 넌 오늘 여왕과 크로케 경기를 하니?"

"정말로 하고 싶어. 하지만 난 아직 초대받지 못했어."

"거기에서 날 만나게 될 거야."

고양이는 그 말을 하고는 사라져 버렸다.

앨리스는 이제 기묘한 일이 일어나는데 아주 익숙해져 있었던 터라 고양이가 사라져도 별로 놀라지 않았다. 고양이가 있던 곳을 아직 바라보고 있는데 고양이가 갑자기 다시 나타났다.

"그런데 아기는 어떻게 됐니? 하마터면 물어보는 걸 깜빡할 뻔했어."

"돼지로 변했어."

앨리스는 고양이가 그런 식으로 나타난 게 자연스러운 일인

것처럼 아주 차분하게 대답했다.

"그럴 줄 알았어."

고양이는 그렇게 말하고는 다시 사라졌다. 앨리스는 고양이가 다시 나타나지 않을까 반쯤 기대하며 잠시 기다렸지만 고양이는 나타나지 않았다. 잠시 뒤 앨리스는 삼월 토끼가 산다는 방향으로 걸어갔다.

"모자 장수들은 전에 본 적이 있으니까 삼월 토끼가 훨씬 더 흥미로울 것 같아. 그리고 지금은 5월이니까 심하게 미쳐 날뛰지는 않을 거야. 적어도 3월만큼은 미치지 않았겠지."

앨리스가 중얼거리다가 위를 올려다보니 체셔 고양이가 다시 나타나 나뭇가지에 앉아 있었다.

"돼지랬니, 대지랬니?"

고양이가 물었다.

"돼지랬어."

앨리스가 대답했다.

"그리고 자꾸 그렇게 불쑥불쑥 나타났다 사라졌다 하지 않았으면 좋겠어. 어지러워 죽겠단 말이야!"

"알았어."

고양이는 그렇게 대답했고 이번에는 아주 서서히 사라졌다. 꼬리 끝부터 사라지기 시작해서 씩 웃는 모습이 맨 마지막으로 사라졌는데, 씩 웃는 모습은 고양이의 나머지 부분이 다 사라진 뒤에도 한동안 그대로 남아 있었다.

'나 원 참! 웃음 없는 고양이는 자주 봤지만 고양이 없는 웃음이라니! 태어나서 이렇게 이상한 일은 처음이야!'

앨리스는 생각했다. 얼마 가지 않아 삼월 토끼의 집이 눈에 들어왔다. 굴뚝은 토끼 귀 모양으로 생기고 지붕은 토끼털로 덮여 있어서 앨리스는 그 집이 삼월 토끼의 집이 틀림없다고 생각했다. 집이 아주 커서 앨리스는 감히 더는 다가가지 못했다. 하지만 왼손에 든 버섯을 조금 더 먹어 키를 60센티미터로 늘린 다음에야 비로소 그 집 가까이로 다가갔다. 앨리스는 그러고서도 다소 머뭇거리며 그 집 쪽으로 걸어갔고 혼자 중얼거렸다.

"삼월 토끼가 완전히 미쳐 날뛰면 어떡해! 차라리 모자 장수를 보러 갈걸!"

제7장
엉망진창 다과회

집 앞 나무 아래에 차려진 식탁에서 삼월 토끼와 모자 장수가 차를 마시고 있었다. 겨울잠쥐가 둘 사이에 앉아 곤히 잠들어 있었고 둘은 겨울잠쥐가 쿠션인 양 팔꿈치를 올리고서 겨울잠쥐 머리 위로 이야기를 주고받고 있었다.

'겨울잠쥐가 무척 불편하겠어. 하지만 잠들어서 잘 모르나 봐.'

앨리스는 생각했다. 식탁은 아주 컸지만 셋은 한쪽 구석에 다 같이 바짝 몰려 앉아 있었다.

"자리 없어! 자리 없다고!"

그들은 앨리스가 다가오는 걸 보고 소리쳤다.

"많기만 한데요, 뭘!"

앨리스가 발끈 화를 내며 식탁 한쪽의 커다란 팔걸이의자에 앉았다.

"포도주 좀 들어."

삼월 토끼가 달래듯이 권했다. 앨리스가 식탁을 다 둘러보았지만 차밖에 없었다.

"포도주가 안 보이는데요."

"포도주는 없어."

삼월 토끼가 말했다.

"그렇다면 포도주를 권하는 건 대단히 예의에 어긋난 일이죠."

앨리스가 화가 나서 말했다.

“앉으라고 하지도 않았는데 앉는 것이야말로 대단히 예의에 어긋난 일이지.”

삼월 토끼가 대꾸했다.

“이게 당신들 식탁인 줄 몰랐어요. 셋보다 많은 사람들이 앉으라고 놔둔 식탁인 줄 알았죠.”

“넌 머리 좀 잘라야겠다.”

모자 장수가 불쑥 말했다. 앨리스를 호기심 가득한 시선으로 한동안 가만히 쳐다보고만 있다가 처음으로 한 말이었다.

“남의 일에 대해 이러쿵저러쿵 말하는 건 실례예요. 그건 아주 무례한 짓이라고요.”

앨리스가 엄하게 쏘아붙였다. 모자 장수는 이 말을 듣고 눈이 휘둥그레졌지만 그가 한 말은 “까마귀는 왜 책상 같게?”가 다였다.

‘좋아, 이제 재미있어지겠어! 수수께끼를 시작하려는 모양인데 정말 좋아.’

앨리스는 이렇게 생각하며 큰 소리로 말했다.

“내가 풀 수 있을 것 같아요.”

“정말 네가 풀 수 있다고?”

삼월 토끼가 물었다.

“그럼요.”

“그럼 네가 생각한 것을 말해야지.”

삼월 토끼가 말하자 앨리스는 얼른 대답했다.

“그러려고요. 그러니까 적어도 난 내가 말한 것을 생각해요. 그 둘이 똑같다는 거 잘 아시잖아요.”

“하나도 안 똑같아! 이런, 차라리 ‘내가 먹는 것을 본다.’와 ‘내가 본 것을 먹는다.’가 같은 말이라고 해!”

모자 장수가 말했다.

“차라리 ‘내가 얻는 것을 좋아한다.’와 ‘내가 좋아하는 것을 얻는다.’가 같은 말이라고 해!”

삼월 토끼가 옆에서 거들었다.

“차라리 ‘나는 잘 때 숨 쉰다.’와 ‘나는 숨 쉴 때 잔다.’가 같은 말이라고 해!”

겨울잠쥐도 잠꼬대하듯 덧붙였다.

“너한테는 같은 말 맞잖아.”

모자 장수가 이렇게 지적한 뒤 대화가 뚝 끊겼고 다들 잠시 말없이 앉아 있었다. 그동안 앨리스는 까마귀와 책상에 대해 자기가 아는 전부를 떠올려 보았지만 별로 신통치 않았다.

모자 장수가 침묵을 깨고 먼저 말문을 열었다.

“오늘이 며칠이지?”

모자 장수가 앨리스 쪽을 향해 물었다. 그리고 호주머니에서 시계를 꺼내 걱정스런 얼굴로 시계를 바라보며 이따금 시계를 흔들기도 하고 귀에 갖다 대어 보기도 했다.

앨리스는 잠시 생각한 뒤 대답했다.

“4일이에요.”

"이틀이나 틀렸잖아! 내가 버터는 시계랑 맞지 않는다고 했지!"

모자 장수가 버럭 화를 내며 삼월 토끼를 쏘아봤다.

"가장 좋은 버터였는데."

삼월 토끼가 풀이 죽어서 대답했다.

"그래. 그렇담 빵 부스러기가 들어간 모양이네. 빵 칼로 버터를 넣으면 어떡해."

모자 장수가 투덜댔다. 삼월 토끼가 시계를 받아 들고 침울한 표정으로 시계를 바라보더니 자신의 찻잔에 담그고 다시 바라보았다. 하지만 삼월 토끼는 더 좋은 수가 떠오르지 않는지 처음에 했던 말만 반복했다.

"진짜 가장 좋은 버터였는데."

앨리스가 호기심에 사로잡혀 삼월 토끼의 어깨 너머로 그 시계를 보고 있다가 한 마디 했다.

"정말 재밌는 시계네요! 시간이 아니라 날짜가 나와 있잖아요!"

"그게 뭐 어때서? 그럼 네 시계는 연도도 나와?"

모자 장수가 투덜댔다.

"물론 아니죠. 하지만 아주 오랫동안 같은 연도가 계속되니까 연도는 시계에 나올 필요가 없잖아요."

"내 시계도 그런 경우야."

모자 장수가 말했다. 앨리스는 도통 갈피가 잡히지 않는 기분이었다. 모자 장수의 말이 분명 말인 건 맞지만 앨리스에게는 전혀 아무 뜻도 없는 말 같았다.

"무슨 말씀인지 못 알아듣겠어요."

앨리스는 최대한 공손하게 말했다.

"이런, 겨울잠쥐가 또 자고 있잖아."

모자 장수는 이렇게 말하더니 겨울잠쥐의 코에 뜨거운 차를 조금 부었다. 겨울잠쥐가 마구 머리를 흔들며 눈도 뜨지 않은 채로 말했다.

"그럼, 그럼. 나도 막 그 말을 하려던 참이야."

"이제 수수께끼는 풀었니?"

모자 장수가 다시 앨리스 쪽을 향해 물었다.

"아니요. 포기할래요. 답이 뭐예요?"

"전혀 몰라."

모자 장수가 말했다.

"나도."

삼월 토끼도 말했다. 앨리스가 지쳐서 한숨을 쉬었다.

"그 시간에 뭔가 다른 걸 하는 게 낫겠어요. 답도 없는 수수께끼를 풀면서 시간을 낭비하느니 말이에요."

"네가 나만큼 시간을 잘 안다면 그냥 '시간'이라고 함부로 부르지 않을 텐데. '시간'이 아니라 '시간 선생님'이라고 해야지."

"무슨 말인지 모르겠어요."

"당연히 모르겠지! 넌 '시간 선생님'에게 말을 걸어 본 적도 결코 없을 테니!”

모자 장수가 거만하게 고개를 치켜들며 말했다.

“그렇긴 해요. 하지만 음악을 배울 때 시간에 맞춰 박자를 딱딱 맞춰야 한다고 배웠어요.”

앨리스가 조심스럽게 대꾸했다.

“뭐, 시간 선생님을 맞힌다고? 그 말을 들으니 이제야 알겠군. 시간 선생님은 맞는 것을 참지 못해. 그런데 말이야, 네가 시간 선생님과 사이좋게 지내기만 한다면, 시간 선생님은 시계로 네가 원하는 건 뭐든 거의 다 해 줄 거야. 예를 들어 오전 아홉 시, 정확히 수업이 시작될 시간이라고 치자. 네가 시간 선생님에게 넌지시 속삭이기만 하면 시계가 눈 깜짝할 사이에 돌아가지! 한 시 삼십 분, 바로 점심시간으로 말이야!”

(“지금이 점심시간이면 얼마나 좋을까.” 삼월 토끼가 혼자 소곤거렸다.)

“그럼 진짜 좋겠네요. 하지만 그때는 배가 고프지 않을 것 같은데요.”

앨리스가 생각에 잠겨 말했다.

“처음에는 그렇겠지. 하지만 네가 원할 때까지 몇 시간이고 계속 시간을 한 시 삼십 분에 붙들어 둘 수 있어.”

모자 장수가 말했다.

“아저씨도 그런 식으로 하나요?”

모자 장수가 슬픔에 잠겨 고개를 가로저었다.

“아니! 우리가 지난 3월에 다투는 바람에. 그러니까 쟤가(찻
숟가락으로 삼월 토끼를 가리키며) 미치기 바로 직전이었어. 하
트의 여왕이 연 멋진 음악회에서였지. 그때 내가 이런 노래를 불
렀어.”

반짝 반짝 작은 벌!
아름답게 쏜다네!

“너도 이 노래 알지?”
“그 비슷한 노래는 들어 봤어요.”
앨리스가 대답했다.
“그 노래는 이런 식으로 계속돼.”

요쪽 하늘에서 톡
저쪽 하늘에서 톡
반짝 반짝…….

이 소절에 이르자 겨울잠쥐가 몸을 흔들며 잠결에 노래하기
시작했다.
“반짝 반짝 반짝 반짝…….”
겨울잠쥐가 아주 오랫동안 그런 식으로 노래를 계속 불러서
그들은 결국 겨울잠쥐를 꼬집어 노래를 멈추게 만들어야 했다.

"그런데 내가 일 절도 다 마치기 전에 하트의 여왕이 벌떡 일
어나 '저자가 박자 하나 못 맞추고 시간을 죽이고 있군! 당장 저
자의 목을 쳐라!' 하고 호통을 치는 거야."

"어쩜, 잔인하기도 해라!"

앨리스가 외쳤다.

"그때 이후로 시간 선생님은 내 부탁을 하나도 들어주지 않
아! 요즘은 언제나 여섯 시야."(*영국에서는 하루에 여러 차례 티타
임을 갖는데 저녁 여섯 시 경은 가벼운 식사와 함께 차를 마시는 시간
이다.)

모자 장수가 슬픔에 잠긴 목소리로 말했다. 앨리스의 머릿속
에 이런 생각이 퍼뜩 떠올랐다.

"그래서 여기에 찻잔이랑 차 마시는 도구들이 차려져 있는 거
로군요?"

"그래, 맞았어. 언제나 차 마실 시간이다 보니 우리는 찻잔
씻을 짬도 없어."

모자 장수가 한숨을 쉬며 대답했다.

"그럼 계속 돌아가면서 자리만 옮겨 앉는 건가 봐요?"

"그래. 차를 다 마시고 나면."

모자 장수가 대답했다.

"하지만 한 바퀴 다 돌아서 다시 처음 자리로 돌아올 땐 어떻
게 해요?"

앨리스가 용기를 내어 물었다.

“우리 딴 얘기를 하는 게 어때? 이 이야긴 지겨워. 저 꼬마 아
가씨한테 얘기해 달라고 하자.”

삼월 토끼가 하품을 하며 끼어들었다.

“아는 이야기가 없는데요.”

앨리스가 삼월 토끼의 제안에 깜짝 놀라 말했다.

“그렇다면 겨울잠쥐가 이야기해 줄 거야! 일어나, 겨울잠쥐
야!”

모자 장수와 삼월 토끼가 동시에 외치며 양옆에서 겨울잠쥐
를 꼬집었다. 겨울잠쥐가 천천히 눈을 떴다.

“나 안 잤어. 너희들이 하는 이야기 다 들었어.”

겨울잠쥐가 목이 잠긴 소리로 조그맣게 말했다.

"이야기 하나 해 봐!"

삼월 토끼가 말했다.

"그래요, 이야기를 해 주세요!"

앨리스가 간청했다.

"이왕이면 빨리 해. 안 그러면 이야기를 마치기도 전에 또 잠들 테니."

모자 장수가 덧붙였다.

"옛날 옛적에 어린 세 자매가 살았어."

겨울잠쥐가 서둘러 이야기를 시작했다.

"세 자매의 이름은 엘시, 레이시, 틸리였어. 세 자매는 우물 바닥에서 살았는데……."

"세 자매는 뭘 먹고 살았어요?"

늘 먹고 마시는 문제에 무척 관심이 많았던 앨리스가 물었다.

"당밀(*사탕무나 사탕수수에서 설탕을 뽑아내고 남은 검은빛의 즙액으로 연료, 비료, 사료로 쓰이기도 한다.)을 먹고 살았어."

겨울잠쥐가 잠시 생각해 보더니 말했다.

"그런 걸 먹고 살지 못할 텐데. 세 자매가 병이 들었겠어요."

앨리스가 조심스럽게 자기 생각을 말했다.

"그래, 맞아. 병이 아주 심하게 들었지."

앨리스는 그렇게 이상하게 사는 건 어떨까 살짝 상상을 시도

해 봤지만 너무 많이 혼란스러워 또 물었다.

"그런데 세 자매는 왜 우물 바닥에 살았어요?"

"차를 좀 더 마시지그래."

삼월 토끼가 앨리스에게 아주 진지하게 권했다.

"난 아직 한 모금도 안 마셨어요. 그러니까 더 마실 수 없어요."

앨리스가 기분 상한 목소리로 대답했다.

"덜 마실 수 없다는 말이겠지. 아무것도 안 마셨을 때 더 마시는 건 아주 쉬워."

모자 장수가 참견했다.

"누가 아저씨한테 물었어요?"

앨리스가 쏘아붙였다.

"남의 일에 대해 이러쿵저러쿵 말하는 게 실례라던 사람이 누구였더라?"

모자 장수가 의기양양하게 말했다.

앨리스는 이 말에 뭐라고 대답해야 할지 전혀 알 수가 없었다. 그래서 앨리스는 차와 버터 바른 빵을 조금 먹은 다음 겨울잠쥐를 보며 아까 했던 질문을 다시 했다.

"세 자매는 왜 우물 바닥에서 살았어요?"

겨울잠쥐가 또다시 잠시 생각해 보더니 대답했다.

"당밀 우물이었으니까."

"그런 우물이 어디 있어요!"

앨리스가 무척 화가 나서 쏘아붙이려고 하자 모자 장수와 삼월 토끼가 "쉿! 쉿!" 하며 끼어들었고, 겨울잠쥐는 부루퉁하니 한 마디 했다.

"그렇게 예의 없이 자꾸 끼어들려면 네가 직접 이 이야기를 마저 하든가."

"아니에요. 제발 계속해 주세요! 다시는 끼어들지 않을게요. 맞아요, 그런 우물도 하나쯤은 있겠죠."

앨리스가 겸손하게 말했다.

"진짜로 있다니까!"

겨울잠쥐가 화를 버럭 냈다. 하지만 겨울잠쥐는 이야기를 계속 들려주기로 했다.

"그래서 세 자매는 긷는 법을 배우고 있었는데……."

"뭘 길어요?"

앨리스가 좀 전에 한 약속을 까맣게 잊고 또 끼어들었다.

"당밀이지."

이번에는 겨울잠쥐가 전혀 고민하지 않고 바로 대답했다.

"난 깨끗한 잔이 필요해. 다들 한 자리씩 옆으로 옮기자."

모자 장수가 말허리를 자르면서 바로 옆자리로 옮기자 겨울 잠쥐도 따라서 옮겼다. 삼월 토끼도 겨울잠쥐가 앉았던 자리로 옮겼고 앨리스는 마지못해 삼월 토끼의 자리로 옮겨 앉았다. 자리 이동으로 조금이라도 이득을 본 건 모자 장수뿐이었고, 삼월 토끼는 방금 막 자기 접시에 우유 단지를 엎질러 놓았던 터라 앨리스는 오히려 전보다 훨씬 나빠졌다.

앨리스는 겨울잠쥐를 또다시 기분 상하게 만들고 싶지 않아서 아주 조심스럽게 말을 꺼냈다.

"하지만 이해가 안 돼요. 세 자매가 당밀을 어디에서 길어 올렸죠?"

"물은 우물에서 길어 올리니 당밀이야 당연히 당밀 우물에서 길어 올리는 거 아니겠어? 그것도 몰라, 이 바보야?"

모자 장수가 핀잔을 줬다.

"하지만 세 자매는 우물 '안'에서 살았잖아요."

앨리스는 모자 장수의 마지막 말을 못 들은 척하기로 하고 겨울잠쥐에게 말했다.

"물론 그랬지. 세 자매는 안에서 잘 살았지."

가엾은 앨리스는 이 대답에 아주 혼란스러워져서 겨울잠쥐의 이야기에 한동안 끼어들지 않고 가만히 듣고만 있었다.

"세 자매는 긷는 법을 배우고 있었어."

겨울잠쥐가 졸음이 쏟아져서 하품을 하고 눈을 비비며 계속 이야기를 이어 나갔다.

"세 자매는 온갖 것들을 길었어. 'ㅅ'으로 시작하는 건 뭐든 다 길……."

"왜 하필 시옷으로 시작하는 것들이죠?"

앨리스가 물었다.

"시옷이 뭐 어때서?"

삼월 토끼가 따졌다. 앨리스는 입을 다물었다.

이때쯤 겨울잠쥐가 눈을 감고 잠에 빠져들고 있었다. 하지만 모자 장수에게 꼬집히자 조그맣게 비명을 지르며 다시 깨어나 이야기를 계속했다.

"시옷으로 시작하는 건 뭐든 다 길어 올렸지. 생쥐, 샛별, 상상, 서로서로 같은 것들 말이야. 물건이 '서로서로' 엇비슷하다고 할 때 쓰는 그 '서로서로' 알지? 넌 '서로서로'를 그림으로 본 적 있니?"

"지금 그걸 정말로 나한테 묻는 거예요? 나는 잘 모르겠⋯⋯."

앨리스가 무척 어리둥절해하며 대답했다.

"모르면 말을 말든가."

모자 장수가 말했다.

앨리스는 더 이상 그런 무례함을 참을 수 없었다. 앨리스는 대단히 불쾌해하며 벌떡 일어나 그 자리를 떠났다. 겨울잠쥐는 곧바로 잠이 들었고 나머지 둘은 앨리스가 떠나가도 전혀 본체만체했다. 그래도 앨리스는 혹시 그들이 자기를 부르지 않을까 싶어 한두 번 뒤를 돌아봤다. 마지막으로 뒤돌아봤을 때 그들은 겨울잠쥐를 찻주전자에 집어넣으려 하고 있었다.

"어쨌든 두 번 다신 저기에 가지 않을 거야! 무슨 이런 다과회가 다 있담, 순 엉터리야!"

앨리스는 숲길을 걸어가며 혼자 투덜댔다. 그런데 그렇게 말

하는 순간, 안으로 들어갈 수 있는 문이 달린 나무 한 그루가 눈에 띄었다.

'정말 이상하네! 하긴 오늘은 모든 게 이상해. 당장 안으로 들어가 봐야지.'

앨리스는 나무 안으로 들어갔다. 그곳은 이전에 갔었던 기나긴 복도였고 작은 유리 탁자가 가까이에 있었다.

"그래, 이번에는 더 잘해 봐야지."

앨리스가 혼잣말을 하고는 작은 황금 열쇠를 집어 들고 정원으로 난 문을 열었다. 그런 다음 버섯을(주머니에 조금 넣어 둔 버섯이 있었다.) 조금씩 뜯어 먹기 시작해 키를 30센티미터 정

도로 줄인 뒤 작은 통로를 따라 걸어갔다. 그리하여 마침내 앨리
스는 화려한 꽃밭과 시원한 분수가 있는 아름다운 정원에 서 있
게 되었다.

제8장
여왕의 크로케 경기장

정원 입구 근처에 커다란 장미 나무 한 그루가 서 있었다. 그 나무에 핀 장미는 흰색이었지만 나무 앞에서 정원사 셋이 모여 부지런히 장미를 빨간색으로 칠하고 있었다. 앨리스는 정말 이상하단 생각에 정원사들을 지켜보려고 더 가까이 다가갔다. 정원사들 가까이에 이르자 정원사 하나가 이야기하는 소리가 들렸다.

"야, 오(5), 조심해! 나한테 그렇게 페인트 좀 튀기지 마!"

"어쩔 수 없었어. 칠(7)이 팔꿈치로 나를 밀치는 바람에 그랬어."

오가 뿌루퉁하니 대답했다.

그 말에 칠이 오를 노려보며 톡 쏘아붙였다.

"그래, 어련하실까! 오! 넌 항상 남의 탓만 해 대는군!"

“넌 입 다무는 게 좋을걸, 칠! 여왕님이 어제 네 목을 치라고
하시는 걸 내가 들었거든!”

오가 응수했다.

“왜?”

맨 처음 말을 꺼냈던 정원사 이(2)가 물었다.

“그건 네가 상관할 일이 아냐, 이!”

칠이 말했다.

“아냐, 그건 이가 상관할 일이 맞아! 그러니까 난 이에게 말해 줄 거야. 그건 말이야, 칠이 요리사에게 양파 대신 튤립 구근을 가져다줬기 때문이야."

오가 말했다. 칠이 붓을 내동댕이치며 "나 원 참, 뭐 이런 부당한 경우가 다 있……." 하고 막 울분을 토해 내려다가 자신들을 지켜보고 서 있는 앨리스와 눈이 마주쳤다. 칠이 갑자기 말을 딱 멈추자 이와 오도 같이 돌아보더니 셋 모두 머리를 숙이고 인사했다.

"저기요, 왜 장미를 칠하고 있는지 말씀해 주실 수 있으세요?"

앨리스가 다소 머뭇거리며 물었다.

오와 칠은 아무 말 없이 이를 보았다. 이가 나지막한 목소리로 말하기 시작했다.

"저어, 사실은 아가씨, 여기에 빨간 장미 나무를 심었어야 했는데 우리가 그만 실수로 하얀 장미 나무를 심었답니다. 여왕님께서 이 사실을 아시게 되면 우리 목이 날아갈 거예요. 아가씨, 그래서 우리는 최선을 다하고 있답니다. 여왕님이 오시기 전에……."

바로 그 순간 정원 저쪽을 걱정스럽게 살피던 오가 소리쳤다.

"여왕 폐하야! 여왕 폐하!"

세 정원사는 즉시 땅에 머리를 대고 납작 엎드렸다. 여럿이 다가오는 발소리에 앨리스는 여왕이 무척 보고 싶어져서 주위를 두리번거렸다.

맨 앞에는 곤봉을 든 병사 열 명이 다가오고 있었는데(*트럼프 카드는 하트(♥), 다이아몬드(◆), 스페이드(♠), 클럽(♣) 네 종류로 나뉘는데 클럽은 '곤봉'을 뜻한다.) 이들은 모두 세 정원사와 똑같이 생겼다. 직사각형에 납작했고 손과 발은 네 모서리에 달려 있었던 것이다. 다음으로 신하 열 명이 다가왔는데 온통 다이아몬드로 치장을 하고서 병사들과 마찬가지로 둘씩 짝지어 걸어왔다. 신하들 뒤에는 왕자와 공주들이 왔다. 모두 열 명이었는데 그 귀여운 꼬마들은 손에 손을 잡고 둘씩 짝을 맞춰 즐겁게 폴짝폴짝 뛰어왔다. 아이들은 모두 하트 모양 치장을 하고 있었다. 다음으로 초대받은 손님들이 다가왔는데 대개 왕과 여왕들이었다. 앨리스는 그 가운데서 흰토끼를 알아보았다. 흰토끼는 허둥지둥 불안한 기색이었고 상대방이 하는 말마다 미소를 지어 보이며 이야기하느라 앨리스는 알아보지도 못하고 그냥 지나쳐 버렸다. 그다음으로 하트의 잭이, 왕관이 올려진 진홍색 벨벳 쿠션을 들고 뒤따라왔다. 그리고 이 웅장한 행렬 마지막에 하트의 왕과 여왕이 모습을 드러냈다.

앨리스는 세 정원사들처럼 자기도 머리를 조아리고 땅바닥에 바짝 엎드려야 하는 건지 아닌지 갈피를 잡지 못했다. 하지만 행렬이 지나갈 때 그래야 한다는 규칙 따위는 들은 기억이 없었다.

'게다가 사람들이 모두 땅바닥에 머리를 대고 납작 엎드려 있어야 한다면 행렬을 구경할 수 없잖아. 그렇담 행렬이 무슨 소용이람?'

이렇게 생각한 앨리스는 그 자리에 그대로 서서 기다렸다. 행렬이 앨리스의 바로 앞에 이르자 다들 멈춰 앨리스를 쳐다보았고 하트의 여왕이 엄하게 물었다.

"이 아인 누구냐?"

하트의 잭에게 한 질문이었지만 하트의 잭은 그저 고개를 숙이며 대답 대신 미소만 지었다.

"멍청한 놈!"

여왕이 짜증스레 고개를 젖히며 호통치고는 앨리스 쪽을 향했다.

"넌 누구냐?"

"저는 앨리스라 하옵니다, 여왕 폐하."

앨리스가 아주 공손하게 대답했지만 속으로는 '그래, 결국 이 사람들은 그냥 카드 한 묶음에 불과할 뿐이야. 하나도 두려워할 것 없어!' 하고 중얼거렸다.

"이자들은 누구냐?"

여왕이 장미 나무 주위에 엎드려 있는 세 정원사를 가리키며 물었다. 왜냐하면 알다시피 세 정원사는 땅바닥에 넙죽 엎드려 있었는데 등의 무늬는 어느 카드나 똑같았기 때문에 여왕은 그들이 정원사인지 병사인지 신하인지 자기 아이들 가운데 셋인지 분간할 수 없었던 것이다.

"제가 어떻게 알아요? 제 일도 아닌데요."

앨리스는 이렇게 대구하며 자신의 용기에 깜짝 놀랐다. 여왕은 분노로 얼굴이 새빨개져서 잠시 앨리스를 맹수처럼 노려보더니 고함을 내질렀다.

"이 계집의 목을 쳐라! 당장 목을……."

"말도 안 돼요!"

앨리스가 아주 큰 소리로 다부지게 대들자 여왕이 입을 다물었다.

"여보, 너그럽게 좀 봐주시구려. 그냥 어린애잖소."

왕이 여왕의 팔에 손을 올리고서 머뭇거리며 말했다. 여왕이 화가 나서 왕의 손을 휙 뿌리치며 잭에게 명령했다.

"저들을 뒤집어라!"

잭이 한쪽 발로 아주 조심스럽게 정원사들을 뒤집었다.

"일어나!"

여왕이 빽 크게 소리를 내지르자 세 정원사는 벌떡 일어나 왕, 여왕, 왕자와 공주 그리고 다른 모든 사람들에게 연신 굽실거리며 인사하기 시작했다.

"관두지 못할까! 어지럽지 않느냐!"

여왕이 소리치고는 장미 나무 쪽으로 돌아서며 말을 이었다.

"그런데 여기서 대체 뭘 하고 있었던 게냐?"

"여왕 폐하, 저희들은…… ."

이가 한쪽 무릎을 꿇고 굉장히 주눅 든 목소리로 말하기 시작했다. 그사이 장미를 살펴보고 있던 여왕이 외쳤다.

"아, 알겠군! 저자들의 목을 쳐라!"

그러고는 불운한 정원사들을 처형시키기 위해 병사 셋만 남기고 행렬은 다시 움직이기 시작했다. 정원사들이 앨리스에게 달려와 도움을 청했다.

"당신들의 목이 잘리는 일은 없을 거예요!"

앨리스가 이렇게 말하고는 정원사들을 가까이에 있던 커다란 화분에 집어넣었다. 병사 셋은 정원사들을 찾아 잠시 이리저리 헤매다가 조용히 행렬 뒤를 따라 행진했다.

"그자들의 목을 쳤느냐?"

여왕이 소리쳐 물었다.

"그자들의 목은 없어졌사옵니다, 여왕 폐하!"

병사들이 소리쳐 대답했다.

"좋아! 크로케 경기는 할 줄 아느냐?"

여왕이 소리쳤다. 앨리스에게 묻는 말인 게 뻔했기 때문에 병사들은 잠자코 앨리스를 바라보았다.

"예!"

앨리스가 소리쳐 대답했다.

"그럼 너도 따라오너라!"

앨리스는 다음에 무슨 일이 일어날까 무척 궁금해하며 행렬에 합류했다.

"저기, 날씨가 참 좋지?"

옆에서 누가 머뭇거리며 말을 걸었다. 흰토끼가 옆에서 걱정스럽게 앨리스의 얼굴을 슬쩍 훔쳐보며 걸어가고 있었다.

“그러네요. 그런데 공작 부인은 어디에 있나요?”

“쉿! 쉿!”

흰토끼가 낮은 목소리로 황급히 말했다. 흰토끼는 이렇게 말하며 걱정스레 주위를 살피더니 발꿈치를 들고 앨리스의 귀에 입을 바싹 대고 속삭였다.

“공작 부인은 처형 선고를 받았어.”

“왜요?”

“‘애요’라니 무슨 애?”

“아뇨. ‘애요’가 아니라 ‘왜요’라고 했는데요.”

“공작 부인이 여왕 폐하의 따귀를 갈겼는데……..”

흰토끼가 설명해 주기 시작하는데 앨리스가 소리 죽여 킥킥거리고웃었다. 흰토끼가 잔뜩 겁먹은 목소리로 “쉿, 조용!” 하고 속삭였다.

“여왕 폐하께서 들으실라! 너도 알다시피 공작 부인이 조금 늦게 왔는데 여왕 폐하께서 말씀…….”

“각자 위치로!”

여왕이 우레와 같은 목소리로 외치자 모두 사방으로 뛰기 시작했는데 서로 걸려 넘어지기도 하면서 우왕좌왕했다. 하지만 잠시 뒤 다들 자리를 잡았고 경기가 시작되었다. 앨리스는 그렇게 이상한 크로케 경기장은 태어나서 처음 보는 것 같았다. 경기장은 온통 이랑과 고랑투성이여서 울퉁불퉁했다. 크로케 공은 살아 있는 고슴도치였고 공을 치는 방망이는 살아 있는 홍학이

었으며 병사들은 몸을 접고 손과 발로 땅을 짚어 아치 모양으로
골대를 만들었다.

처음에 앨리스는 홍학을 어떻게 다뤄야 할지 몰라 무척 난감
했다. 그러나 가까스로 옆구리에 홍학의 몸통을 딱 끼고 홍학의
다리를 아래로 늘어뜨려 손에 쥐는 데 성공했다. 하지만 앨리스
가 홍학의 목을 곧게 쭉 펴서 홍학의 머리로 고슴도치를 치려고
하면 자꾸만 홍학이 고개를 홱 돌려 어리둥절한 표정으로 앨리

스의 얼굴을 쳐다보았다. 그 바람에 앨리스는 웃음을 터뜨리지 않을 수 없었다. 그리고 앨리스가 홍학의 머리를 내리고 다시 시작하려고 하면 이번에는 고슴도치가 몸을 풀고 어딘가로 기어가 버려서 약이 잔뜩 올랐다. 이뿐만 아니라 고슴도치 공을 쳐서 보내고 싶은 방향에는 대개 이랑이나 고랑이 있었고, 몸을 접고 있던 병사들이 자꾸만 일어나서 다른 쪽으로 걸어가 버렸다. 그래서 앨리스는 이건 정말로 어려운 경기라는 결론에 도달했다.

선수들은 모두 한꺼번에 경기를 시작해서 자기 차례를 기다리지도 않고 말다툼을 벌이며 서로 고슴도치를 차지하려고 싸웠다. 얼마 지나지 않아 여왕이 분노해 사납게 발을 쿵쿵거리며 여기저기 돌아다녔고 거의 일 분에 한 번꼴로 "저놈의 목을 쳐라!"라거나 "저 계집의 목을 쳐라!" 하고 외쳐 댔다.

앨리스는 몹시 불안해졌다. 분명 아직까지는 여왕과 다툼이 없었지만 금방이라도 그런 일이 생길 게 뻔했다.

'그렇다면 나는 어떻게 될까? 여기 사람들은 목을 치는 것을 심하게 좋아해. 그런데도 살아남은 사람들이 있다니 정말로 놀라워!'

그리고 빠져나갈 구멍이 없을까 이리저리 둘러보며 누구의 눈에도 띄지 않고 몰래 도망칠 길이 있을지 궁리했다. 그런데 하늘에 뭔가 이상한 게 떠 있는 게 보였다. 처음에는 굉장히 당황했지만 잠시 살펴보니 씩 웃는 모양이어서 혼자 중얼거렸다.

"체셔 고양이인가 봐. 그렇다면 말할 상대가 생기겠어."

“안녕, 잘 지내니?”

체셔 고양이가 말을 할 수 있을 만큼 입이 생기자 물었다. 앨리스는 고양이의 눈이 나타날 때까지 기다렸다가 고개를 끄덕여 인사했다.

‘귀가 다 나타날 때까지는 체셔 고양이에게 말해 봤자 아무 소용없어. 적어도 한쪽 귀라도 나타날 때까지는 기다려야 해.’

다음 순간 고양이의 머리 전체가 나타났고 앨리스는 홍학을 내려놓았다. 자신의 이야기를 들어줄 상대가 생겨서 아주 기쁜 마음으로 크로케 경기에 대해 설명하기 시작했다. 체셔 고양이는 지금 보이는 자기 모습만으로도 충분하다고 생각했는지 더 이상 몸을 드러내지 않았다.

“이 경기는 완전히 엉망진창이야.”

앨리스가 불만 가득한 목소리로 말을 꺼냈다.

“다들 자기 목소리도 들리지 않을 정도로 어찌나 무시무시하게 다투는지 몰라. 딱히 경기 규칙도 없는 것 같고. 설령 있다 하더라도 아무도 지키지 않아. 게다가 경기 도구도 모두 살아 있는 것들이어서 내가 얼마나 혼란스러운지 넌 상상도 못할 거야. 예를 들면 내가 다음으로 공을 넣어야 하는 저 아치형 골대는 경기장 저쪽 끝에서 걸어 돌아다니고 있어. 그리고 이제 내가 내 고슴도치로 여왕의 고슴도치를 쳐 낼 차례인데 내 고슴도치가 다가오는 것을 보고 여왕의 고슴도치가 달아나 버렸어!”

“여왕은 맘에 드니?”

체셔 고양이가 목소리를 낮춰 물었다.

"전혀. 여왕은 정말이지……."

바로 그때 앨리스는 여왕이 자기 바로 뒤에서 엿듣고 있는 것을 알아챘다. 그래서 앨리스는 말을 이렇게 이어 나갔다.

"이기실 게 분명해. 경기를 끝까지 할 필요도 없다니까."

여왕이 씩 웃으며 지나갔다.

"누구와 얘기하고 있느냐?"

왕이 앨리스에게로 다가오더니 고양이의 머리를 호기심 가득한 시선으로 바라보며 물었다.

"제 친구 체셔 고양이에요. 제가 소개해 드릴게요."

"모습이 정말 마음에 들지 않는구나. 그래도 원한다면 내 손등에 입맞춤해도 좋다."

"별로 그러고 싶지 않은데요."

체셔 고양이가 대꾸했다.

"무례하기 짝이 없구나! 나를 그런 식으로 보지 말라!"

왕이 호통을 치며 앨리스 뒤로 숨었다.

"고양이도 왕을 볼 수 있어요.(*'누구나 그 나름의 권리가 있다'는 뜻을 담은 영국 속담이기도 하다.) 책에서 읽은 적이 있어요. 어떤 책이었는지 기억은 나지 않지만요."

앨리스가 말했다.

"어쨌든 저 고양이는 없어져야 해."

왕이 아주 단호하게 말하고는 그 순간 그곳을 지나가고 있던 여왕에게 외쳤다.

"여보! 저 고양이 좀 없애 주시오!"

여왕에게는 크건 작건 온갖 문제를 처리하는 방법이 단 한 가지뿐이었다.

"저 고양이의 목을 쳐라!"

여왕이 돌아보지도 않고 소리쳤다.

"내가 사형 집행관을 직접 데려오지."

열의에 넘친 왕이 말하고는 급히 자리를 떴다. 앨리스가 돌아가서 경기가 어떻게 돼 가고 있는지 보는 편이 낫겠다고 생각한 순간, 멀리서 격노하여 소리 지르는 여왕의 목소리가 들려왔다. 자기 차례를 놓친 세 명의 선수에게 여왕이 이미 사형 선고를 내린 뒤였다. 경기가 완전히 뒤죽박죽 엉망인 탓에 자기 차례인지 아닌지 전혀 알 수 없었던 앨리스는 경기의 돌아가는 모양새가 전혀 맘에 들지 않았다. 그래서 앨리스는 자신의 고슴도치를 찾아 나섰다.

앨리스의 고슴도치는 다른 고슴도치와 싸우느라 정신이 없었는데, 앨리스가 보기에 자기의 고슴도치로 다른 고슴도치를 쳐 낼 절호의 기회 같았다. 그런데 단 하나의 문제는 앨리스의 홍학이 경기장의 반대편으로 가 버렸다는 점이었다. 그곳에서 홍학은 나무 위로 날아 올라가려고 헛되이 애쓰고 있었다.

앨리스가 홍학을 붙잡아 다시 돌아왔을 때쯤에는 고슴도치들의 싸움이 끝나 그 고슴도치 두 마리는 어디로 갔는지 온데간데

없었다.

'별로 상관없어. 어차피 경기장 이쪽에 있던 골대들도 다 가 버렸는걸, 뭐.'

이렇게 생각한 앨리스는 다시 도망가지 못하도록 홍학을 옆구리에 꼭 끼고 친구와 좀 더 이야기를 나누려고 돌아갔다.

앨리스는 체셔 고양이에게 돌아갔다가 체셔 고양이 주위에 아주 많은 사람들이 모여 있어서 깜짝 놀랐다. 사형 집행관과 왕과 여왕 사이에 논쟁이 벌어지고 있었는데, 세 사람이 한꺼번에 말하고 있었고 나머지 사람들은 아주 불편한 표정으로 조용히 있었다.

앨리스가 나타나자마자 세 사람은 앨리스에게 문제를 해결해 달라고 간청하며 자신들의 주장을 반복했다. 하지만 다들 한꺼번에 이야기하는 바람에 앨리스는 그들의 말을 정확히 알아듣기가 힘들었다.

사형 집행관의 주장은 몸이 없는데 어떻게 머리를 베냐는 것이었다. 자신은 전에도 그런 일을 한 적이 없으며 앞으로도 절대 없을 것이라고 주장했다.

왕의 주장은 머리가 있는데 왜 머리를 못 베냐며 그런 헛소리는 집어치우라는 것이었다.

여왕의 주장은 당장 어떻게든 이 문제를 처리하지 않으면 주위에 있는 사람들을 모두 다 처형해 버리겠다는 것이었다.(주위 사람 전체가 그렇게 심각하고 걱정스런 표정을 짓고 있는 건 바로 이 말 때문이었다.)

앨리스는 달리 할 말이 생각나지 않아서 "저 고양이는 공작 부인의 고양이에요. 그러니 공작 부인에게 물어보는 편이 낫지 않을까요?"라고만 말했다.

"공작 부인은 지금 감옥에 있으니 당장 가서 이리로 데려오너라."

여왕이 사형 집행관에게 명령하자 사형 집행관이 쏜살같이 달려갔다. 사형 집행관이 사라지자마자 고양이의 머리가 희미해지기 시작하더니 사형 집행관이 공작 부인을 데리고 돌아왔을 때쯤에는 완전히 사라지고 없었다. 그래서 왕과 사형 집행관은 고양이를 찾아 미친 듯이 이리저리 뛰어다녔고 그러는 사이 나머지 사람들은 흩어져 다시 크로케 경기를 하기 시작했다.

제9장
가짜 거북의 이야기

"애야, 널 다시 만나게 돼서 얼마나 기쁜지 몰라!"

공작 부인이 이렇게 말하며 앨리스의 팔짱을 다정하게 끼고 함께 걸었다.

앨리스는 공작 부인이 이렇게 기분이 좋을 때 만나서 정말 다행이라고 생각했다. 그리고 부엌에서 만났을 때 공작 부인이 그토록 사납게 굴었던 것은 후추 때문일지 모른다고 생각했다.

앨리스는 혼자 중얼거리기 시작했다.

"내가 공작 부인이 된다면,(그렇게 되기를 썩 바라는 투는 아니었다.) 부엌에 절대로 후추를 놔두지 않을 거야. 수프는 후추 없어도 아주 맛있게 만들 수 있어. 후추를 먹으면 매운 사람이 되는 건지 몰라."

앨리스는 새로운 법칙을 발견하게 돼 무척 기뻐하며 계속 말을 이어 나갔다.

“식초를 먹으면 시큼한 사람이 되고, 캐모마일 차를 마시면 쓴 사람이 되고. 음, 그리고 또 보리 엿이나 사탕 같은 것들을 먹으면 달콤한 아이가 될지 몰라. 사람들이 이 사실을 알면 얼마나 좋을까. 그러면 사탕 같은 것에 그렇게 인색하게 굴지 않을 텐데……”

이때쯤 앨리스는 옆에 공작 부인이 있단 사실을 까맣게 잊어버리는 바람에 공작 부인의 목소리가 귓가에 들리자 움찔 놀랐다.

“애야, 뭔가 생각 중이구나. 그래서 이야기하는 걸 잊은 모양이야. 이 일이 주는 교훈이 뭔지 지금 당장은 떠오르지 않지만 조금 있으면 기억이 날 거야.”

“교훈이 없을지도 몰라요.”

앨리스가 용기를 내서 반박했다.

“쯧쯧, 애들이란! 찾기만 한다면 모든 것에는 교훈이 있기 마련이야.”

공작 부인이 이렇게 말하며 앨리스 쪽으로 몸을 더 바싹 붙였다. 앨리스는 공작 부인과 그렇게 바싹 붙어 있는 게 별로 맘에 들지 않았다. 첫 번째 이유는 공작 부인이 굉장히 못생겼기 때문이다. 그리고 두 번째 이유는, 공작 부인은 자신의 턱을 앨리스의 어깨에 올려놓기에 딱 알맞은 키였는데 턱이 불편할 정도로 뾰족했기 때문이다. 하지만 앨리스는 무례하게 굴고 싶지 않아

서 최대한 꾹 참았다.

"크로케 경기가 이제 한결 잘 진행되고 있네요."

앨리스는 대화를 계속 이어 나가려고 말을 꺼냈다.

"그래. 그리고 그 일이 주는 교훈은 바로 '오, 사랑, 사랑, 세상을 돌아가게 하는 건 사랑일지니!'라는 거야."

"어떤 사람이 말하기를 다들 자기 할 일에 신경 쓴다면 세상이 잘 돌아간다던데요!"

앨리스가 슬쩍 귀띔했다.

"그래, 맞아! 내 말이 바로 그 말이야!"

공작 부인이 작고 뾰족한 턱으로 앨리스의 어깨를 찌르며 덧붙여 말했다.

"그리고 이 일이 주는 교훈은 바로 '의미에 신경 쓰라. 그러면 소리는 저절로 따라온다.'라는 거지."

'공작 부인은 교훈 찾기를 정말로 좋아하네!'

앨리스는 속으로 생각했다.

"내가 왜 네 허리에 팔을 안 두르는지 궁금해하고 있겠지."

공작 부인이 잠시 뜸을 들이다가 계속 말을 이었다.

"그건 네 홍학의 성질이 어떤지 잘 몰라서야. 한번 시험해 볼까?"

"톡 쏠지도 몰라요."

앨리스는 그런 시험은 전혀 하고 싶지 않아서 조심스럽게 대답했다.

"그래, 맞아. 홍학과 겨자는 둘 다 톡 쏘지. 그리고 그것이 주는 교훈은 바로 '새들은 끼리끼리 모인다.'라는 거야."

"하지만 겨자는 새가 아닌데요."

앨리스가 지적했다.

"맞아, 그렇지. 넌 어쩜 그렇게 매사에 똑 부러지니!"

"겨자는 광물일걸요, 아마."

"물론 그렇지."

이제 공작 부인은 앨리스의 말이라면 뭐든 맞다고 할 기세였다.

"맞아. 이 근처에 커다란 겨자 광산이 있단다. 그리고 그것이 주는 교훈은 바로 '광산에 내 것이 많을수록 네 것은 적다.'라는 거지."

"아, 생각났어요!"

앨리스가 공작 부인의 마지막 말은 귀담아듣지도 않고 외쳤다.

"겨자는 채소예요. 채소처럼 보이진 않았지만 채소예요."

"네 말이 맞는 것 같구나. 그리고 그것이 주는 교훈은 바로 '보이는 모습 그대로가 되어라.'야. 그런데 네가 그것을 좀 더 간단하게 말하고 싶다면, '과거의 네 모습이 다른 사람들에게 달리 보이는 것 이상으로 너의 모습이나 너의 모습이 되었을지 모르는 것은 다른 사람에게 달리 보이지 않는다고 절대 스스로 상상하지 말라.'는 것이야."

“글로 받아 적어 보면 무슨 말씀인지 더 잘 이해할 수 있겠지만, 그냥 말만 들어서는 무슨 말씀인지 도통 모르겠어요.”

앨리스가 아주 정중하게 말했다.

“이건 아무것도 아니야. 마음만 먹으면 얼마든지 더 길고 복잡하게 말할 수 있단다.”

공작 부인이 의기양양하게 대꾸했다.

“수고스럽게 그러지 않으셔도 돼요.”

“아니, 수고랄 게 뭐 있니! 이제까지 말한 모든 것을 네게 선물로 주마.”

‘정말 돈 안 드는 싸구려 선물이네! 사람들이 이런 생일 선물을 하지 않아서 다행이야!’

앨리스는 속으로 이렇게 생각했지만 감히 입 밖으로 소리 내어 말하지는 않았다.

“또 생각 중이니?”

공작 부인이 또다시 작고 날카로운 턱으로 앨리스의 어깨를 찌르며 물었다.

“제겐 생각할 권리가 있다고요.”

앨리스는 이제 슬슬 성가셔졌던 터라 날카롭게 대꾸했다.

“그래, 권리가 있지. 돼지가 날 권리가 있는 것처럼 말이야. 그리고 그것의 교…….”

그런데 아주 놀랍게도 공작 부인은 자신이 가장 좋아하는 말인 ‘교훈’을 말하던 중에 말꼬리를 흐렸다. 게다가 앨리스에게 팔짱 낀 손을 덜덜 떨기 시작하는 것이 아닌가. 앨리스가 쳐다보니 여왕이 잔뜩 먹구름이 낀 듯 얼굴을 찌푸리고 팔짱을 낀 채 그들 앞에 서 있었다.

"날씨가 화창하옵니다, 여왕 폐하!"

공작 부인이 작고 가냘픈 목소리로 인사했다.

"이봐라, 똑똑히 경고하겠노라. 너든 네 머리든 하나는 없어져야 한다. 그것도 지금 당장! 선택은 네가 하라!"

여왕이 땅을 쾅쾅 밟으며 소리쳤다.

공작 부인은 자신이 없어지는 쪽을 선택해 순식간에 사라져 버렸다.

"다시 가서 크로케 경기를 계속하자꾸나."

여왕이 앨리스에게 말했다. 앨리스는 너무나 겁이 나서 한마디도 못하고 천천히 여왕을 따라 크로케 경기장으로 돌아갔다.

여왕이 없는 틈을 타서 선수들은 그늘에서 쉬고 있었다. 하지만 여왕을 보자마자 다들 서둘러 크로케 경기장으로 돌아갔고 여왕은 한순간도 지체했다간 목숨을 잃게 될 줄 알라고 외쳐 대기만 했다.

경기하는 동안 내내 여왕은 다른 선수들과 말다툼을 벌이며 "저놈의 목을 쳐라!"라거나 "저 계집의 목을 쳐라!" 하고 호통을 쳤다. 여왕에게 사형 선고를 받은 자들은 병사들에게 체포되어 수감되었다. 당연히 병사들은 이 업무를 수행하기 위해 아치형 골대 역할을 그만두어야 했다. 그리하여 삼십 분 가량이 지나자 경기장에는 남아 있는 골대가 하나도 없었고 왕과 여왕, 앨리스를 제외한 모든 선수들이 사형 선고를 받고 수감되었다.

그러자 여왕이 숨을 헐떡이며 크로케 경기를 멈추고 앨리스에게 물었다.

"가짜 거북이를 본 적이 있느냐?"

"아뇨. 가짜 거북이 뭔지도 모르는걸요."

"가짜 거북 수프(*진짜 거북 대신 송아지 머리로 만든 수프. 그래서 삽화 속의 가짜 거북이 소머리, 소 발굽, 소꼬리를 하고 있다.)를 만들 때 쓰는 것이지."

"본 적도, 들은 적도 전혀 없어요."

"그렇다면 따라와. 가짜 거북이 네게 자기 사연을 들려줄 테니."

앨리스가 여왕과 함께 걸어가는데 왕이 수감돼 있는 무리 전체에게 나지막한 목소리로 "너희를 모두 사면하겠노라." 하고 말하는 소리가 들렸다.

'어쩜, 정말 잘됐어!'

여왕이 사형 선고를 내린 사람이 너무나 많아서 마음이 많이 아팠던 앨리스가 속으로 좋아했다.

여왕과 앨리스는 금방 그리핀(*머리와 앞다리, 날개는 독수리의 모습을, 몸통과 뒷다리는 사자의 모습을 하고 있는 상상의 동물.)과 마주쳤는데 그리핀은 양지에 누워 곤히 잠들어 있었다.(그리핀이 뭔지 모른다면 다음 그림을 보기 바란다.)

“일어나, 이 게으른 것! 여기 이 꼬마 아가씨를 가짜 거북에게 데려가 거북의 사연을 듣게 해 줘. 나는 돌아가서 내가 내린 사형 선고가 제대로 집행되었는지 봐야겠다.”

여왕이 이렇게 말하고는 앨리스를 그리핀과 단둘이 남겨 둔 채 걸어가 버렸다. 앨리스는 그리핀의 생김새가 별로 맘에 들지 않았지만 전체적으로 봤을 때 잔인한 여왕을 따라가느니 그리핀과 함께 있는 편이 안전할 것 같았다. 그래서 앨리스는 가만히 기다렸다.

그리핀이 일어나 앉으며 눈을 비볐다. 그런 뒤 여왕을 지켜보다가 여왕이 시야에서 사라지자 낄낄 웃었다.

“웃기고 있네!”

그리핀의 말은 혼잣말 같기도 하고 앨리스에게 하는 말 같기도 했다.

"뭐가 웃겨요?"

앨리스가 물었다.

"뭐긴, 여왕 말이지. 그건 다 여왕의 상상이야. 아무도 처형되는 사람은 없어. 따라와!"

'여기선 다들 "따라와." 하고 명령하네. 태어나서 이렇게 명령을 많이 받은 적은 처음이야, 정말!'

앨리스는 천천히 그리핀의 뒤를 따라가면서 생각했다. 얼마 가지 않아 멀리에서 가짜 거북이 슬프고 외로운 표정으로 작은 바위 턱에 앉아 있는 모습이 보였다. 가까이 다가가자 가짜 거북이 가슴이 찢어질 듯 한숨을 쉬는 소리가 들렸다. 앨리스는 가짜 거북이 너무나 안돼 보였다.

"가짜 거북이 왜 저렇게 슬퍼하는 거예요?"

앨리스가 그리핀에게 물었다. 그러자 그리핀이 앞서 말했던 것과 거의 똑같이 대답했다.

"그건 다 가짜 거북의 상상이야. 가짜 거북에게 슬픈 일은 없어. 따라와!"

그렇게 둘은 가짜 거북에게로 다가갔다. 가짜 거북은 눈물이 그렁그렁한 커다란 눈으로 둘을 바라만 볼 뿐 아무 말도 하지 않았다.

"여기 이 꼬마 아가씨가 자네 사연을 듣고 싶어 하네, 아주 많이.”

그리핀이 말했다.

“그러지, 뭐. 둘 다 앉아. 내가 이야기를 마칠 때까지 한 마디도 하지 말고.”

가짜 거북이 낮고 기운 없는 목소리로 말했다. 그래서 둘은 바닥에 앉았는데 한동안 아무도 말하지 않았다.

‘시작도 안 하면서 이야기를 어떻게 마친다는 거지?’

앨리스는 속으로 이렇게 생각했지만 참을성 있게 기다렸다.

“한때.”

마침내 가짜 거북이 깊은 한숨을 푹 내쉬며 이야기를 시작했다.

“나는 진짜 거북이었어.”

이 말을 한 뒤 아주 긴 침묵이 뒤따랐는데 간간이 그리핀이 ‘히크르흐!’ 하고 탄식을 토해 내고 가짜 거북은 계속 구슬프게 흐느꼈다. 앨리스는 하마터면 벌떡 일어나 “얘기 재밌게 잘 들었어요.”라고 말할 뻔했지만 뭔가 이야기가 더 있을 거란 생각에 가만히 앉아 아무 말도 하지 않았다.

“우리가 어렸을 때.”

가짜 거북이 마침내 이야기를 이어 나갔다. 더 차분해지긴 했지만 아직도 가끔씩 훌쩍거렸다.

“우리는 바닷속 학교에 다녔어. 교장 선생님은 늙은 바다거북이었는데 우리는 그 선생님을 ‘땅거북’ 선생님이라고 불렀…….”

"'땅거북'도 아닌데 왜 '땅거북'이라고 불렀어요?"

앨리스가 물었다.

"우리를 땅땅거리며 가르쳤으니까 '땅거북'이라고 불렀지. 넌 정말 멍청하구나!"

가짜 거북이 벌컥 화를 냈다.

"그렇게 단순한 걸 묻다니 부끄러운 줄 알아!"

그리핀도 덩달아 한 마디 했다. 그런 뒤 가짜 거북과 그리핀이 말없이 앉아서 가엾은 앨리스를 빤히 쳐다보자 앨리스는 땅속으로 꺼져 버리고만 싶었다. 마침내 그리핀이 가짜 거북에게 말했다.

"이보게, 계속하게! 하루 종일 그러고 있지 말고!"

그러자 가짜 거북이 다시 이야기를 이어 나갔다.

"그래, 우리는 바닷속 학교에 다녔어. 네가 안 믿을지 모르지만……."

"누가 안 믿는댔어요!"

앨리스가 끼어들었다.

"네가 그랬잖아."

가짜 거북이 우겼다.

"입 다물어!"

앨리스가 또 대꾸하려 들자 그리핀이 소리쳤다. 가짜 거북이 다시 이야기를 하기 시작했다.

"우리는 최고의 교육을 받았어. 사실상 우리는 매일 학교에

갔는데…….”

“나도 매일 학교에 다녔어요. 그게 그렇게 자랑으로 여길 일은 아니잖아요.”

앨리스가 또 끼어들었다.

“별도 수업도 있었어?”

가짜 거북이 다소 걱정스레 물었다.

“그럼요. 프랑스 어와 음악을 배웠어요.”

“세탁도 배웠어?”

가짜 거북이 물었다.

“당연히 아니죠!”

앨리스가 화를 냈다.

“아! 그럼 네 학교는 별로 좋은 학교가 아니군.”

가짜 거북이 크게 안도한 목소리로 대꾸하고는 이야기를 이어 갔다.

“이봐, 우리 학교는 등록금 고지서 끝에 ‘프랑스 어, 음악, 세탁—별도.’(*‘extra’는 별도로 받는 ‘특별 수업’이란 뜻도 있고 별도로 내야 하는 ‘추가 요금’이란 뜻도 있다. 이 부분은 이 단어를 이용한 말장난이다. 가짜 거북은 별도 요금을 내야 한다는 뜻을 별도 수업 과목으로 오해하고 있다.)라고 쓰여 있었다고.”

“바다 밑바닥에 사니까 세탁은 별로 필요하지 않았을 텐데요.”

앨리스가 말했다.

“난 사실 그걸 배울 형편이 되질 않았어. 난 정규 과목만 들었어.”

가짜 거북이 한숨을 쉬며 말했다.

“정규 과목은 뭐였어요?”

앨리스가 물었다.

“먼저 당연히 익기와 쓸기가 있었고, 여러 분야의 수학 과목이 있었지. 덧하기, 뺏기, 꽃하기, 나뉘기 같은.”

“꽃하기란 말은 처음 들어 봐요. 그게 뭐예요?”

앨리스가 실례를 무릅쓰고 물었다. 그리핀이 깜짝 놀라서 앞발을 들어 올리며 외쳤다.

“이런! 꽃하기를 처음 들어 본다니! 꽃단장이 뭔지는 알겠지?”

“예. 그건 어, 그러니까 뭔가를 예쁘게 꾸민다는 뜻이잖아요.”

앨리스가 자신 없는 목소리로 대답했다.

“그래도 꽃하기를 모르다니 넌 정말 바보로구나.”

그리핀이 조롱했다. 앨리스는 꽃하기에 대해서 더 묻고 싶은 마음이 나지 않았다. 그래서 가짜 거북을 보며 물었다.

“또 무슨 과목을 배웠어요?”

“음, 역상 과목도 있었어.”

가짜 거북이 지느러미로 과목의 수를 세며 대답했다.

“역상 과목은 고대 역상과 현대 역상으로 나뉘어 있었어. 바다 지리도 있었고. 또 미설 과목도 있었어. 미설 선생님은 늙은 붕장어였는데 일주일에 한 번씩 오시고는 했어. 그 선생님이 우리에게 선꺾기, 그립기, 칭칭 감아 취하기를 가르쳤어.”

“그게 뭔데요?”

“지금 내가 직접 보여 주긴 힘들어. 내가 너무 뻣뻣해서 말이야. 그리고 그리핀은 그걸 배운 적도 없고.”

“그럴 시간이 없었지. 난 고전어 선생님에게 배우러 갔었거든. 그 선생님은 늙은 게였어.”

그리핀이 말했다.

“난 그 선생님에게 배우지 못했어. 그 선생님은 옛 웃음 말과 옛 울음 말을 가르쳤다던데.”

가짜 거북이 한숨을 쉬며 말했다.

“그랬어. 맞아, 그랬지.”

이번에는 그리핀이 한숨을 쉬며 말했다. 그러고 둘은 앞발에 얼굴을 파묻었다.

“그럼 하루에 수업은 몇 시간이나 했어요?”

앨리스가 서둘러 화제를 바꾸려고 물었다.

“첫날엔 열 시간. 그 다음날엔 아홉 시간, 그런 식이었지.”

가짜 거북이 말했다.

“정말 이상한 시간표네요!”

앨리스가 외쳤다.

“왜 수업을 수업이라고 부르겠어? 날마다 ‘수’가 ‘없’어지니까 그런 거 아니겠어?”

그리핀이 대꾸했다. 이것은 앨리스에게는 전혀 생소한 개념이었다. 앨리스는 잠시 곰곰이 생각하고 나서 그 다음 질문을 했다.

“그러면 열한 번째 되는 날은 노는 날이겠네요?”

“당연하지.”

가짜 거북이 말했다.

“그럼 열두 번째 날은 어떻게 해요?”

“수업 얘긴 그만하면 됐어. 이제 놀이 이야기를 들려주지그래.”

그리핀이 아주 단호한 목소리로 끼어들었다.

제10장
바닷가재의 카드리유

가짜 거북이 깊이 한숨을 내쉬더니 지느러미 발등으로 눈을 문질렀다. 그런 뒤 앨리스를 쳐다보며 뭔가 말하려 했지만 한동안 흐느껴 운 탓에 목이 메어 소리가 나오지 않았다.

"목에 뼈가 걸렸을 때와 똑같아."

그리핀이 이렇게 말했고 가짜 거북을 흔들며 등을 두드리기 시작했다. 마침내 가짜 거북이 제 목소리를 되찾아 눈물을 줄줄 흘리며 다시 이야기를 이어 나갔다.

"넌 바다 밑에서 살아 보지 못했겠지…….("예." 하고 앨리스가 대답했다.) 그리고 바닷가재를 소개받은 적도 한 번 없겠지…….(앨리스는 "한 번 먹어 본 적은 있어요."라고 대답하려다가 얼른 멈추고 "예, 전혀요." 하고 대답했다.) 그러니 넌 바닷가재의 카드리유(*네 사람이 한 조가 되어 서로 마주 보며 추는 프랑스

춤.)가 얼마나 즐거운 춤인지 전혀 모를 테지!"

"예, 전혀 몰라요. 그건 어떤 춤이에요?"

"에, 먼저 해안가에 한 줄로 죽 선 다음……."

그리핀이 설명하려 했다.

"두 줄이야! 바다표범, 거북, 연어 등등이 두 줄로 줄을 서. 그런 다음 걸리적거리지 않도록 해파리를 모두 치우고……."

가짜 거북이 외쳤다.

"그건 시간이 좀 걸리는 일이야."

그리핀이 끼어들었다.

"앞으로 두 발짝 나가서……."

가짜 거북이 말을 이어 갔다.

"각자 바닷가재와 짝을 맞춰서!"

그리핀이 소리쳤다.

"물론이지. 두 발짝 앞으로 나가서 짝을 향하고……."

가짜 거북이 말했다.

"바닷가재를 바꾸고 같은 순서로 뒤로 물러나고."

그리핀이 말을 이었다.

"그런 다음 던지는 거야……."

가짜 거북이 이야기를 계속했다.

"바닷가재를!"

그리핀이 공중으로 펄쩍 뛰어오르며 소리쳤다.

"최대한 바다 저 멀리로……."

“그러고는 바닷가재를 쫓아 바다로 뛰어들어 헤엄치지!”

그리핀이 소리 질렀다.

“바닷속에서 공중제비를 돌고!”

가짜 거북이 미친 듯이 신 나게 뛰어다니며 외쳤다.

“다시 바닷가재 짝을 바꿔!”

그리핀이 소리를 질렀다.

“다시 뭍으로 나오는 거야. 여기까지가 첫 번째 춤판이야.”

가짜 거북이 갑자기 목소리를 낮추며 말했다.

설명하는 동안 내내 미친 듯이 펄쩍펄쩍 뛰어다니던 둘은 다시 슬픈 표정으로 조용히 앉아 앨리스를 바라보았다.

“정말 멋진 춤 같아요.”

앨리스가 쭈뼛거리며 말했다.

“조금 보여 줄까?”

가짜 거북이 물었다.

“많이 보고 싶어요.”

“자, 첫 번째 춤판을 벌여 보자고! 바닷가재 없이도 할 수 있을 거야. 누가 노래할까?”

가짜 거북이 그리핀에게 말했다.

“자네가 해. 난 가사를 까먹었어.”

그리핀이 대답했다. 그리하여 둘은 앨리스 주위를 빙빙 돌며 진지하게 춤을 추기 시작했다. 가끔은 너무 가까이 다가오는 바람에 앨리스의 발을 밟기도 하고 박자를 맞추느라 앞발을 까닥

거리기도 했다. 그러는 동안 가짜 거북은 이런 노래를 아주 느리
고 슬프게 불렀다.

민어가 달팽이에게 말했다네. "좀 더 빨리 걸을래?

돌고래가 바로 우리 뒤에 바짝 따라 붙어서

내 꼬리를 밟고 있잖아.

바닷가재와 거북이 다들 얼마나 열심히 나아가는지 봐!

다들 자갈 해변에서 기다리고 있어. 가서 함께 춤추지 않을래?

출래? 안 출래? 출래? 안 출래? 함께 춤출래?

출래? 안 출래? 출래? 안 출래? 함께 춤 안 출래?"

"넌 얼마나 즐거운지 짐작도 못할걸.

그들이 우리를 들어 올려 바닷가재와 함께 바다로 내던지면 말이야!"

하지만 달팽이는 곁눈질로 슬쩍 보며

"너무 멀어, 너무 멀다고!" 하고 대답하면서,

민어에게 제안은 고맙지만 함께 춤추지 않겠다고 정중하게 거절했네.

"안 춰, 못 춰, 안 춰, 못 춰, 함께 안 춰.

안 춰, 못 춰, 안 춰, 못 춰, 함께 못 춰."

달팽이의 비늘 덮인 친구가 대답했다네.

"멀면 어때? 바다 저편에도 해변이 있잖아.

영국에서 멀어질수록 프랑스가 가까워지는걸.

그러니 소중한 달팽이야,

그렇게 새하얗게 질리지 말고 우리도 함께 춤추자.

출래? 안 출래? 출래? 안 출래? 함께 춤출래?

출래? 안 출래? 출래? 안 출래? 함께 춤 안 출래?”

“고마워요, 잘 봤어요. 정말 재미있는 춤이었어요. 그리고 민어에 대한 신기한 노래가 맘에 쏙 들어요!”

마침내 춤이 끝나자 앨리스가 무척 다행스러워하며 말했다.

“아, 민어 노래 말이구나. 당연히 너도 민어를 본 적 있겠지?”

가짜 거북이 말했다.

“예. 자주 봤는걸요. 어디에서냐면 저녁 식…….”

앨리스가 얼른 입을 다물었다.

“‘저녁 식’이 어딘지는 모르겠지만 네가 자주 봤다니 당연히 민어가 어떻게 생겼는지 잘 알겠구나.”

가짜 거북이 말했다.

“대충은요. 민어는 입에 꼬리를 물고 있어요. 음, 그리고 몸에 온통 빵가루를 묻히고 있잖아요.”

앨리스가 생각에 잠겨 대답했다.

“빵가루에 대한 건 틀렸어. 빵가루는 바다에서는 다 씻겨 나가니까. 하지만 민어가 입에 꼬리를 물고 있단 말은 맞아. 그 이유는…….”

이 대목에서 가짜 거북이 하품을 하며 눈을 감았다.

"그 이유와 이런저런 이야기는 자네가 말해 줘."

가짜 거북이 그리핀에게 말했다.

"그 이유는 민어들이 바닷가재와 춤을 추곤 했기 때문이야. 그래서 민어들은 멀리 바다로 내던져지지. 그렇게 한참을 날아가서 떨어지다 보니까 꼬리가 입에 들어가 꽉 낀 거야. 그리하여 민어는 다시는 꼬리를 빼지 못했고. 그게 다야."

그리핀이 말했다.

"고마워요, 잘 들었어요. 정말 재미있네요. 민어에 대해 예전에는 그렇게 잘 알지 못했어요."

"네가 바란다면 더 많이 이야기해 줄 수도 있어. 왜 민어가 민어라고 불리는지 알아?"

그리핀이 말했다.

"한 번도 생각 안 해 봤는데요. 왜 그렇죠?"

"민어로 구두와 장화를 닦으니까."

그리핀이 아주 진지하게 대답했다. 앨리스는 완전히 어리둥절했다.

"민어로 구두와 장화를 닦는다니!"

앨리스가 의심스럽다는 듯 그리핀의 말을 그대로 따라했다.

"그럼 넌 구두를 뭘로 닦는데? 내 말은 뭘로 그렇게 미끈미끈 윤이 나게 닦느냐고?"

그리핀이 물었다. 앨리스는 자기 구두를 내려다보며 잠시 생각한 다음 대답했다.

"그거야 구두약으로 닦죠."

"바다에서는 구두와 장화는 민어로 밀어서 미끈미끈 윤이 나게 닦아. 이제 알겠지?"

그리핀이 굵직한 목소리로 말했다.

"구두와 장화는 뭘로 만드는데요?"

앨리스가 호기심 가득한 목소리로 물었다.

"대개 구두는 대구로 만들고, 장화야 당연히 장어로 만들지. 작은 새우도 그 정도는 알겠다!"

그리핀이 답답하다는 듯 대답했다.

"내가 민어였다면 돌고래에게 '저리 좀 가 줄래? 우린 너랑 함께 가고 싶지 않아!'라고 말했을 거예요."

그 노래 생각으로 머릿속이 꽉 차 있던 앨리스가 불쑥 말했다.

"그들은 어쩔 수 없이 돌고래랑 같이 돌아다니는 거야. 현명한 물고기라면 돌고래 없이는 어딘가를 돌아다니고 그러지 않거든."

가짜 거북이 말했다.

"정말로 그래요?"

앨리스가 대단히 놀란 목소리로 물었다.

"물론이지. 그러니까 어떤 물고기가 내게 와서 여행을 떠날 것이라고 말한다면 나는 '거길 왜 돌고래?' 하고 물을 거야."

가짜 거북이 말했다.

"'거길 왜 돌 거래?' 하고 말하려던 거죠?"

앨리스가 물었다.

"진짜로 그렇게 말한다니까!"

가짜 거북이 기분 상한 목소리로 대답했다. 그러자 그리핀이 앨리스에게 얼른 말했다.

"이제 네 모험 이야기나 좀 들려줘."

"오늘 아침부터 시작된 모험 이야기는 들려줄 수 있어요. 하지만 어제 이야기는 아무 소용없어요. 어제의 난 완전히 다른 사람이었으니까요."

"그것까지 전부 설명해 봐."

가짜 거북이 말했다.

"싫어, 안 돼! 모험 이야기부터 먼저 해. 설명은 지겹도록 시간이 많이 걸린단 말이야."

그리핀이 조바심을 내며 말했다. 그래서 앨리스는 흰토끼를 처음 봤을 때부터 시작해 모험 이야기를 들려주기 시작했다. 처음에는 두 동물이 눈을 동그랗게 뜬 채 입을 헤벌리고 각각 양쪽에서 자신에게 너무 바싹 붙어 있어서 신경이 쓰였다. 하지만 이야기를 계속해 나가면서 점점 용기가 났다. 청중들은 숨죽이고 조용히 듣고 있었다. 그러나 앨리스가 쐐기벌레에게「윌리엄 신부님, 당신은 늙으셨어요.」를 암송하면서 말이 완전히 엉터리로 나오는 대목에 이르자 가짜 거북이 한숨을 푹 쉬며 말했다.

“그것 참 이상하네.”

“이보다 더 이상할 순 없어.”

그리핀이 말했다.

“말이 완전히 엉터리로 나왔다고!”

가짜 거북이 생각에 잠긴 채 그 말을 되풀이하더니 그리핀에게 말했다.

“지금 얘가 딴 걸 암송하는 것을 들어 보고 싶어. 얘한테 시작하라고 해.”

그러면서 가짜 거북이 그리핀을 쳐다보았는데, 마치 그리핀의 말이라면 앨리스가 뭐든 따를 거라고 믿는 표정이었다.

“일어나서「이것은 게으름뱅이의 목소리」를 암송해 봐.”

그리핀이 앨리스에게 말했다.

‘동물들이 이래라저래라 명령하고 배운 걸 암송하라고 시키기까지 하다니! 차라리 당장 학교로 돌아가는 편이 낫겠어.’

앨리스는 속으로는 이렇게 생각했지만 자리에서 일어나 그 시를 암송하기 시작했다. 하지만 머릿속은 온통 바닷가재의 카드리유 생각으로 꽉 차서 자기가 무슨 말을 하고 있는지도 거의 알지 못했다. 그래서 정말이지 이상한 말이 흘러나왔다.

이것은 바닷가재의 목소리.

바닷가재가 선언하듯 말하는 소리가 들리네.

“날 너무 갈색으로 바싹 구웠어.

내 머리에 하얀 설탕을 좀 뿌려야겠어.”

오리가 눈꺼풀로 그렇게 하듯이 바닷가재는 코로 그렇게 하네.

허리띠와 단추를 정리하고

발가락을 바깥쪽으로 구부러지게 한다네.

모래가 다 마르면 바닷가재는 종달새처럼 즐거워져서

상어처럼 오만한 목소리로 말할 것이라네.

하지만 물결이 거세지고 상어가 주위로 다가오면

바닷가재의 목소리는 겁을 먹어 덜덜 떨리지.

“내가 어릴 때 외우던 거하고 다른데.”

그리핀이 말했다.

“음, 난 이런 시는 전혀 들어 본 적이 없는걸. 게다가 정말 말도 안 되는 희한한 내용이잖아.”

가짜 거북이 말했다. 앨리스는 아무 말도 하지 않았다. 두 손에 얼굴을 파묻고 앉아 과연 이제 다시 정상적으로 돌아갈 수 있을까 걱정했다.

“그 시를 설명해 줄래?”

가짜 거북이 말했다.

“애는 설명 못할 거야. 다음 연을 계속 외워 봐.”

그리핀이 얼른 말했다.

“하지만 바닷가재의 발가락은 어떻게 된 거야? 바닷가재가 어떻게 코로 발가락을 바깥쪽으로 구부려?”

가짜 거북이 끈질기게 물고 늘어졌다.

"그건 춤출 때 처음 취하는 자세예요."

앨리스가 대답하기는 했지만 시 전체가 완전히 헷갈려서 이제 그만 다른 대화 주제로 넘어가고 싶었다.

"다음 연을 계속 외워 봐. '나는 그의 정원을 지나갔다네.'로 시작하잖아."

그리핀이 안달이 난 듯 또다시 말했다. 앨리스는 감히 못하겠다고 말할 엄두가 나지 않아 시구절이 완전히 엉터리로 나올 줄 알면서도 떨리는 목소리로 시를 암송하기 시작했다.

> 나는 그의 정원을 지나갔다네. 그리고 한쪽 눈으로 봤네.
> 올빼미와 표범이 파이를 어떻게 나눠 먹는지를.
> 표범이 파이 껍질과 소스 그리고 고기를 다 차지했고,
> 올빼미가 대접받은 건 빈 접시뿐이었지.
> 파이를 다 먹은 뒤 올빼미는 참 인정 많게도
> 숟가락을 선물로 가져가도 된다는 허락을 받았고,
> 표범은 으르렁거려서 칼과 포크를 받아 냈는데,
> 끝내 그 잔치에서 결국…….

"설명도 못하면서 그렇게 다 외워 봤자 무슨 소용 있어? 이렇게 헷갈리는 이야기는 생전 처음이야!"

가짜 거북이 끼어들었다.

"맞아. 이제 그만하는 게 좋겠어."

그리핀이 이렇게 말하자 앨리스는 그저 더할 나위 없이 기뻤다.

"바닷가재 카드리유의 또 다른 동작을 보여 줄까? 아니면 가짜 거북의 노래를 한 곡 더 들을래?"

그리핀이 물었다.

"오, 노래가 좋겠어요. 가짜 거북이 좋다고 한다면요."

앨리스가 정말 간절히 듣고 싶은 투로 대답하자 그리핀이 살

짝 토라져서 말했다.

"흥! 취향은 각양각색이라더니! 이보게, 얘한테 「거북 수프」를 불러 주는 게 어때?"

가짜 거북은 한숨을 푹 내쉬더니 노래하기 시작했다. 가끔씩은 흐느끼느라 목이 메기도 하며 이렇게 노래를 불렀다.

아름다운 수프, 아주 걸쭉한 초록색 수프.

뜨거운 그릇에서 기다리고 있네!

이다지도 맛있는 음식 앞에서 누군들 달려들지 않겠는가?

저녁에 먹는 수프, 아름다운 수프!

저녁에 먹는 수프, 아름다운 수프!

아르음다아운 수우우프!

아르음다아운 수우우프!

저어녀어억에 머억는 수우우프

아름답고 아름다운 수프!

아름다운 수프! 생선이나 고기,

다른 음식 따위를 누가 바라겠어?

달랑 이 펜스 밖에 하지 않는 아름다운 수프에

누가 다른 걸 다 내어놓지 않겠어?

달랑 이 펜스 밖에 하지 않는 아름다운 수프인데?

아르음다아운 수우우프!

"후렴구 한 번 더!"

그리핀의 외침에 가짜 거북이 후렴구를 막 다시 부르려고 했다. 그 순간 멀리서 "곧 재판이 시작될 것이다!" 하고 외치는 소리가 들렸다.

"가자!"

그리핀이 소리치고는 앨리스의 손을 잡고 노래가 끝나기를 기다리지도 않고 서둘러 자리를 떴다.

"무슨 재판이에요?"

앨리스가 숨을 헐떡이며 물었다. 하지만 그리핀은 "어서 가자!"라고만 대답하고는 더 빨리 달릴 뿐이었다. 그러는 사이 가짜 거북의 구슬픈 노랫소리는 그들 뒤로 부는 산들바람에 실려 점점 희미해져 갔다.

제11장
누가 타르트를 훔쳤나?

앨리스와 그리핀이 도착하니 하트의 왕과 여왕이 왕좌에 앉아 있었고 그 주위로 전체 카드 무리뿐만 아니라 온갖 종류의 작은 새들과 짐승들까지 많은 군중이 모여 있었다. 그리고 양쪽에 병사 한 명씩이 지키는 가운데 잭이 사슬에 묶인 채 앞에 서 있었고 왕 가까이에는 흰토끼가 한 손에는 나팔을 들고 다른 손에는 양피지 두루마리를 들고 서 있었다. 법정 한가운데에 탁자가 있었는데 탁자에는 커다란 타르트(*프랑스식 파이.) 접시 하나가 놓여 있었다. 타르트가 얼마나 맛있어 보이던지 앨리스는 몹시 배가 고파졌다.

'얼른 재판을 마치고 간식이나 나눠 줬으면!'

앨리스는 속으로 이렇게 바랐지만 그럴 가능성은 없어 보였다. 그래서 앨리스는 시간을 때우려고 주위의 모든 것을 둘러보

기 시작했다.

앨리스는 전에 한 번도 법정에 가 본 적이 없었지만 책에서
본 적은 있어서 자신이 그곳에 있는 것들의 명칭을 거의 다 알고
있다는 사실이 무척 기뻤다.

"커다란 가발을 쓰고 있는 걸 보니 저 사람이 재판관이야."

앨리스가 혼자 중얼거렸다. 그런데 재판관은 왕이었다. 왕이
가발 위에 왕관을 쓰고 있어서(왕이 왕관을 어떻게 쓰고 있었는

지 보고 싶다면 165쪽의 그림을 보기 바란다.) 아주 불편해 보였고 전혀 어울리지도 않았다.

'그리고 저기가 배심원석인가 봐. 그리고 저기 열두 마리의 생물들은(몇 마리는 동물이고 몇 마리는 새였기 때문에 앨리스는 '생물'이라고 말할 수밖에 없었다.) 배심원들인 것 같아.'

앨리스는 속으로 생각했다. 앨리스는 '배심원들'이란 단어를 속으로 두세 번 더 되뇌어 보며 아주 뿌듯해했다. 앨리스 생각에는 자기 나이 또래의 여자 아이들 가운데 그 단어의 뜻을 아는 아이가 거의 없을 것 같았기 때문이다. 그리고 정말 그렇기도 했다. 하지만 '배심원단'이라고 했으면 더 좋았을 것이다.

열두 명의 배심원들은 다들 아주 부지런히 석판에 뭔가를 쓰고 있었다.

"배심원들이 뭘 하고 있는 거예요? 재판이 시작되지 않았으니 아직 적을 게 없잖아요."

앨리스가 그리핀에게 목소리를 낮춰 물었다.

"자기들 이름을 적고 있는 거야. 재판이 끝나기도 전에 자기 이름을 잊어버릴까 봐."

그리핀도 목소리를 낮춰 대답했다.

"멍청이들!"

앨리스는 화가 나서 큰 소리로 말하다가 얼른 입을 다물었다. 흰토끼가 "법정에서는 다들 정숙하시오!" 하고 소리쳤고 왕이 안경을 쓰고 누가 떠드는지 열심히 주위를 둘러보았기 때문이다.

앨리스는 모든 배심원들이 석판에 '멍청이들!'이라고 쓰고 있다는 것을 마치 어깨 너머로 보듯 훤히 알 수 있었다. 심지어 한 배심원은 '멍청'을 어떻게 쓰는지 몰라 옆에 있는 배심원에게 물어봐야 했다는 사실까지도 훤히 보였다.

'재판이 끝나기도 전에 석판이 엉망이 되겠어!'

앨리스는 생각했다. 배심원 하나가 끽끽 긁히는 소리가 나는 연필을 가지고 있었다. 당연히 앨리스는 이 소리를 도저히 참을 수 없어서 법정을 빙 돌아 그 배심원 뒤로 다가갔다. 그리고 금방 기회를 포착해 그 연필을 낚아채 버렸다. 앨리스의 동작이 얼마나 재빨랐던지 불쌍하고 조그만 그 배심원은(그것은 도마뱀 빌이었다.) 어찌된 일인지 도통 영문도 알지 못했다. 그래서 연필을 찾아 이리저리 다 뒤져 본 뒤 그날의 나머지 기록은 손가락으로 써야 했다. 그런데 손가락으로 써 봤자 석판에는 아무런 흔적이 남지 않으니 헛수고였다.

"문장관,(*왕을 대신해 명령을 전달하던 관리.) 고소장을 낭독하라!"

왕이 말했다. 이 말에 흰토끼가 나팔을 세 번 불고 나서 양피지 두루마리를 펼쳐 다음과 같이 읽어 내려갔다.

어느 여름날
하트의 여왕이 타르트를 만들었다.

**하트의 잭이 그 타르트를 훔쳐
멀리 달아났다!**

"평결을 내려라."

왕이 배심원단에게 말했다.

"아직은 아닙니다. 아직은 아니에요! 그전에 거쳐야 할 절차
가 많습니다!"

흰토끼가 급히 끼어들었다.

"첫 번째 증인을 불러라."

왕이 말하자 흰토끼가 나팔을 세 번 불고 외쳤다.

"첫 번째 증인!"

첫 번째 증인은 모자 장수였다. 모자 장수는 한 손에는 찻잔
을, 다른 한 손에는 버터 바른 빵 조각을 들고 있었다.

"용서하십시오, 폐하. 이런 걸 들고 와서 죄송합니다. 하지만
차를 마시던 중에 이리로 불려 오는 바람에요."

"다 마시고 왔어야지. 언제 마시기 시작했느냐?"

왕이 물었다. 모자 장수가 삼월 토끼를 보았다. 삼월 토끼는
겨울잠쥐와 팔짱을 끼고 모자 장수를 뒤따라 법정에 들어와 있
었다.

"3월 14일인 것 같습니다."

모자 장수가 대답했다.

"15일이야."

삼월 토끼가 말했다.

"16일이지."

겨울잠쥐가 말했다.

"받아 적어 놓아라."

왕이 배심원단에게 말하자 배심원단은 석판에 세 날짜를 모두 열심히 받아 적었다. 그리고 그것들을 모두 더한 수를 실링과 펜스로 환산하여 값을 적었다.

"네 모자를 벗어라."

왕이 모자 장수에게 말했다.

"이것은 제 모자가 아닙니다."

모자 장수가 대답했다.

"훔친 거로군!"

왕이 외치며 배심원단 쪽을 보자 배심원들이 그 사실을 즉시 기록했다.

"이것들은 파는 모자입니다. 제 모자는 하나도 없어요. 저는 모자 장수거든요."

모자 장수가 설명했다. 이 말에 여왕이 안경을 쓰고 모자 장수를 빤히 쳐다보기 시작했고 모자 장수는 얼굴이 하얗게 질려 안절부절못했다.

"증언하라. 그리고 그렇게 겁먹지 말라. 안 그러면 이 자리에서 당장 널 처형하겠다."

왕이 말했다. 이 말은 전혀 증인의 용기를 북돋우는 말이 아니었다. 모자 장수는 계속 발을 번갈아 들었다 놨다 하면서 여왕을 불안하게 바라보았다. 그리고 얼마나 당황했던지 찻잔을 버터 바른 빵인 줄 알고 한 입 크게 베어 물었다.

바로 그 순간 앨리스는 아주 이상한 기분이 들었지만 왜 그런지 한참 갈피를 잡지 못하다가 마침내 무슨 일이 일어나고 있는지 깨달았다. 자신의 몸이 다시 커지고 있었던 것이다. 처음에 앨리스는 당장 자리에서 일어나 법정을 떠날까 생각했지만 잠시 후 자신이 있을 공간이 남아 있는 한 그냥 남아 있기로 결심했다.

"그렇게 밀지 좀 마. 숨을 못 쉬겠잖아."

앨리스 옆에 앉아 있던 겨울잠쥐가 투덜댔다.

"나도 어쩔 수가 없어요. 내 몸이 커지고 있거든요."

앨리스가 아주 온순하게 대답했다.

"여기에서는 커질 권리가 없어."

겨울잠쥐가 말했다.

"말도 안 되는 소리 말아요! 당신도 자라고 있잖아요."

앨리스가 조금 대담하게 말했다.

"그래. 하지만 난 적당한 속도로 자라. 너처럼 그렇게 터무니없이 자라진 않아."

겨울잠쥐가 이렇게 대꾸하더니 아주 부루퉁한 얼굴로 일어나 맞은편으로 건너가 버렸다.

그동안 여왕은 모자 장수에게서 절대 시선을 떼지 않고 있었

다. 그리고 겨울잠쥐가 맞은편 자리로 옮기던 바로 그 순간 여왕
이 법원 관리 하나에게 말했다.

"지난 음악회에 출연했던 가수들의 명단을 가져와!"

가엾은 모자 장수가 이 말을 듣고 심하게 덜덜 떠는 바람에
신발 두 짝이 다 벗겨졌다.

"증언을 하라니까. 안 그러면 네가 겁을 먹든 말든 처형하겠
다!"

왕이 화가 나서 다시 소리쳤다.

"폐하, 저는 불쌍한 놈입니다."

모자 장수가 덜덜 떨리는 목소리로 말문
을 열었다.

"그리고 차를 마시기 시
작한 지…… 아직 일주일도
되지 않았습니다. 그리고 버
터 바른 빵이 자꾸만 얇아
져 가고…… 차의 온기
도……."

"차의 옹기?"

왕이 물었다.

"'옹기'가 아니라 따뜻
한 기운을 뜻하는 '온기'
요."

"내가 온기의 뜻도 모를 줄 알아! 누굴 바보로 아느냐? 계속 해!"

왕이 날카롭게 외쳤다.

"저는 불쌍한 놈입니다. 그리고 그 뒤로 대부분의 것들의 온 기가 가셨는데…… 예전에 삼월 토끼가 말하기를…….."

모자 장수가 말을 이어 가고 있는데 삼월 토끼가 아주 급하게 끼어들었다.

"난 아무 말도 안 했어요!"

"했잖아."

모자 장수가 말했다.

"사실이 아니에요!"

삼월 토끼가 말했다.

"사실이 아니라고 주장하니 그 부분은 생략하라."

왕이 말했다.

"음, 아무튼 겨울잠쥐가 말하기를…….."

모자 장수는 말을 계속 이어 가며 겨울잠쥐 또한 아무 말도 하지 않았다고 부인할까 봐 걱정스럽게 둘러봤다. 하지만 겨울 잠쥐는 곤히 잠들어 있어서 아무것도 부인하지 않았다.

"그 후에 나는 버터 바른 빵을 좀 더 잘랐는데…….."

모자 장수가 계속 말했다.

"그런데 겨울잠쥐는 뭐라고 말했습니까?"

배심원 하나가 물었다.

“그건 기억나지 않습니다.”

모자 장수가 대답했다.

“기억해 내야 해. 안 그러면 널 처형하겠다.”

왕이 말했다. 가엾은 모자 장수는 찻잔과 버터 바른 빵을 떨어뜨리고 무릎을 꿇었다.

“폐하, 저는 가련한 놈이옵니다.”

“가련할 정도로 말을 못하는 놈이겠지.”

왕이 말했다. 이 말에 기니피그 한 마리가 환호성을 질러 즉각 법원 관리들에게 진압되었다.(‘진압’은 좀 어려운 말이니 진압이란 게 어떤 식으로 이루어졌는지 설명하겠다. 관리들이 입구를 끈으로 묶는 커다란 캔버스 천 자루를 가지고 와서는 그 자루 안에 기니피그를 거꾸로 밀어 넣었다. 그러더니 자루를 깔고 앉았다.)

‘저걸 직접 보게 돼서 정말 좋아. 재판 끝에 “박수갈채가 쏟아지자 즉각 법원 관리들에게 진압되었다.”라는 신문 기사를 자주 봤는데 지금까지 그게 무엇을 뜻하는지 전혀 몰랐으니까. 하지만 이제야 알게 됐네.’

앨리스는 속으로 생각했다.

“이 사건에 대해 네가 알고 있는 것이 그게 다라면 증인석에서 내려가도 좋다.”

왕이 말했다.

“더 내려갈 수 없는데요. 지금 전 바닥에 서 있으니까요.”

모자 장수가 말했다.

"그렇다면 앉아도 좋다."

왕이 대답했다. 이 말에 나머지 기니피그 한 마리가 환호성을 질러 그 기니피그도 진압되었다.

'이제 기니피그는 하나도 안 남았네! 이제부터는 재판이 좀 진행되겠어.'

앨리스는 생각했다.

"저는 차를 마저 마셨으면 좋겠는데요."

모자 장수가 가수 명단을 보고 있는 여왕을 걱정스런 눈초리로 살피며 말했다.

"가도 좋다."

왕의 허락이 떨어지기가 무섭게 모자 장수가 신발도 챙겨 신지 않고 황급히 법정을 떠났다.

"밖에서 저자의 목을 쳐라."

여왕이 관리 하나에게 명령을 내렸지만 모자 장수는 관리가 문에 이르기도 전에 이미 사라지고 없었다.

"다음 증인을 불러라!"

왕이 말했다. 다음 증인은 공작 부인의 요리사였다. 요리사는 손에 후추 통을 들고 왔다. 앨리스는 문가에 있던 사람들이 갑자기 한꺼번에 재채기하는 모습을 보고, 요리사가 법정에 들어오기도 전에 다음 증인이 누구인지 짐작했다.

"증언을 하라."

왕이 말했다.

"싫은데요."

요리사가 대답했다. 왕이 흰토끼를 걱정스레 바라보자 흰토끼가 나지막한 목소리로 말했다.

"폐하, 이 증인에게는 반대 신문을 하셔야 하옵니다."

"그래, 그래야 한다면 그래야지."

왕이 우울하게 말하고는 팔짱을 끼고 눈이 거의 보이지 않을 정도로 눈살을 찌푸렸다. 그리고 요리사를 바라보다가 마침내 굵직한 목소리로 물었다.

"타르트는 무엇으로 만드는가?"

"대개는 후추로 만들죠."

요리사가 대답했다.

“당밀인데.”

요리사 뒤에서 누군가 졸린 목소리로 말했다.

“저 겨울잠쥐를 체포해! 저 겨울잠쥐의 목을 쳐! 저 겨울잠쥐를 법정 밖으로 몰아내! 당장 진압해! 꼬집어! 수염을 뽑아 버려!”

여왕이 고래고래 소리를 질렀다. 겨울잠쥐를 몰아내느라고 한동안 전체 법정이 소란스러웠다. 다시 법정 안이 진정되었을 쯤에는 요리사가 사라져 버리고 없었다.

“신경 쓸 것 없도다! 다음 증인을 불러라.”

왕이 크게 안도한 듯이 말했다. 그러고는 목소리를 낮춰 여왕에게 살짝 덧붙였다.

“여보, 다음 증인은 당신이 반대 신문하시구려. 난 머리가 너무 아파서 말이오!”

앨리스는 다음 증인은 누구일까 무척 궁금해하며 증인 명단을 만지작거리고 있는 흰토끼를 지켜보았다.

“아직까지는 별로 증언이랄 만한 게 없었어.”

앨리스는 혼자 중얼거렸다. 흰토끼가 가늘고 새된 목소리로 다음 증인의 이름을 목청껏 외쳐 불렀을 때 앨리스가 얼마나 놀랐을지 상상해 보라. 그 이름은 바로 “앨리스!”였다.

제12장

앨리스의 증언

"네!"

앨리스는 순간적으로 너무 당황해서 자기가 지난 몇 분 사이에 얼마나 커졌는지 까맣게 잊은 채 소리쳐 대답했다. 그리고 자리에서 너무나 급하게 일어나는 바람에 치맛자락에 걸려 배심원석이 뒤집어졌다. 배심원들은 모두 배심원석 아래에 있던 방청객들 머리 위로 떨어져 팔다리를 아무렇게나 뻗은 채 널브러졌다. 앨리스가 그 모습을 보니 지난주에 실수로 뒤엎었던 금붕어 어항이 생각났다.

"어머, 정말 죄송해요!"

앨리스가 크게 당황한 목소리로 외치고는 최대한 빨리 배심원들을 제자리로 주워 올리기 시작했다. 그런데 금붕어 어항 사건이 머릿속에 떠올라 즉시 배심원들을 배심원석에 앉혀 놓지

않으면 그들이 죽을지 모른다는 생각이 막연히 들었다.

"재판을 계속 진행할 수 없다. 배심원들을 모두 제자리로 돌려놓을 때까지는 말이야. 하나도 빠짐없이 모두 다!"

왕이 아주 엄숙하게 말했다. 그리고 마지막 부분을 대단히 힘주어 덧붙이며 앨리스를 잔뜩 노려보았다.

앨리스가 배심원석을 쳐다보니 급히 서두르다가 그만 도마뱀을 거꾸로 처박아 놓은 게 보였다. 불쌍한 도마뱀은 꼼짝도 못하고 처량하게 꼬리만 이리저리 흔들고 있었다. 앨리스는 얼른 도마뱀을 꺼내 바로 앉혔다.

"별로 대수로운 일도 아닐 텐데, 뭘. 도마뱀은 바로 앉으나 거꾸로 앉으나 재판에 쓸모없기는 마찬가지일 텐데."

앨리스가 혼자 중얼거렸다. 배심원들은 뒤집힌 충격에서 조금 회복되었다. 그리고 석판과 연필을 돌려받기가 무섭게 아주 부지런히 방금 전에 일어난 사건에 대해 상세히 기록하기 시작했다. 하지만 도마뱀 빌만은 예외였는데, 빌은 충격에서 벗어나지 못해 아무것도 못하고 입을 헤벌리고 앉은 채로 법정 천장만 멍하니 올려다볼 뿐이었다.

"이 일에 대해 무엇을 알고 있지?"

왕이 앨리스에게 물었다.

"저는 아무것도 몰라요."

앨리스가 대답했다.

"전혀 몰라?"

왕이 끈질기게 물고 늘어졌다.

“전혀 몰라요.”

“이건 아주 중요하지.”

왕이 배심원들을 보며 말했다. 배심원들이 이 말을 석판에 적어 내려가기 시작하는데 흰토끼가 끼어들었다.

“폐하께서는 물론 중요하지 ‘않다’고 말씀하시려던 거겠죠.”

흰토끼의 말투는 아주 공손했지만 이야기를 하면서 잔뜩 찌푸린 얼굴로 왕을 보았다.

“물론 중요하지 ‘않다’고 말하려던 거였어.”

왕이 급히 둘러대고는 소리를 죽이고 혼자 중얼거렸다.

“중요하다…… 중요하지 않다…… 중요하지 않다…… 중요하다…….”

꼭 어떤 말이 더 나은지 시험해 보는 사람 같았다.

어떤 배심원들은 ‘중요하다’고 적었고 또 어떤 배심원들은 ‘중요하지 않다’고 적었다. 앨리스는 배심원들의 석판을 들여다볼 정도로 가까이에 있어서 이런 광경을 모두 지켜볼 수 있었다.

‘하지만 이건 조금도 문제될 것 없잖아.’

앨리스가 속으로 생각했다. 바로 그 순간 한동안 바쁘게 자신의 공책에 뭔가를 쓰고 있던 왕이 외쳤다.

“조용히 하라!”

그러고는 자신의 공책을 보며 큰 소리로 읽었다.

"규정 제42조. 키가 천 미터가 넘는 사람은 법정을 떠나야 한
다."

모두 앨리스를 쳐다보았다.

"제 키는 천 미터가 안 돼요."

앨리스가 말했다.

"아냐, 돼."

왕이 말했다.

"삼천 미터도 넘겠는걸."

여왕도 말을 보탰다.

"어쨌든 난 나가지 않을 거예요. 게다가 그건 원래 있던 규정
도 아니잖아요. 방금 막 만들어 낸 거잖아요."

앨리스가 주장했다.

"그건 이 공책에서 가장 오래된 규정이야."

왕이 말했다.

"그렇다면 제1조가 되어야죠."

앨리스가 지적했다.

왕은 얼굴이 새하얗게 질리더니 황급히 공책을 탁 덮었다.

"평결을 내려라."

왕이 낮고 떨리는 목소리로 배심원들에게 말했다.

"아직 보셔야 할 증거가 더 있습니다, 폐하."

흰토끼가 펄쩍 뛰며 급히 끼어들었다.

"이 종이를 지금 막 입수했습니다."

“뭐라고 쓰여 있느냐?”

여왕이 물었다.

“아직 펼쳐 보지 않았습니다만 피고인 잭이 쓴 편지 같습니다. 누군가에게요.”

흰토끼가 대답했다.

“틀림없이 그럴 테지. 누군가에게 쓰지 않았다면 그거야말로 이상한 일이지 않느냐.”

왕이 말했다.

“누구에게 쓴 것입니까?”

배심원 하나가 물었다.

“누구에게 쓴 것인지 전혀 적혀 있지 않습니다. 사실 겉면에는 아무것도 쓰여 있지 않아요.”

흰토끼가 이렇게 말하며 종이를 펼쳤다.

“이건 편지가 아니라 시로군요.”

흰토끼가 덧붙였다.

“피고인 잭의 필체입니까?”

다른 배심원이 물었다.

“아뇨, 아닙니다. 그게 바로 이 사건에서 가장 기묘한 점입니다.”(흰토끼의 대답에 배심원들은 모두 어리둥절한 표정이었다.)

“잭이 다른 사람의 필체를 흉내 낸 게 틀림없군.”

왕이 말했다.(왕의 추측에 배심원들 모두 표정이 다시 밝아졌다.)

"폐하, 저는 그 글을 쓰지 않았습니다. 그리고 제가 썼다는 증거도 없지 않습니까? 끝에 제 서명도 없으니까요."

잭이 말했다.

"네가 서명하지 않았다면 사태를 더욱 악화시킬 뿐이다. 넌 뭔가 좋지 않은 일을 꾸민 게 분명해. 그렇지 않다면 정직한 사람처럼 네 이름을 서명했을 것 아니냐."

왕의 말에 전원이 박수를 쳤다. 왕이 그날 처음으로 그럴싸한 이야기를 했기 때문이다.

"그것으로 저자의 유죄가 입증되었으니 저자의 목을⋯⋯."

여왕이 말했다.

"그것으로는 아무것도 입증할 수 없어요! 그리고 시에 뭐라 쓰여 있는지도 모르잖아요!"

앨리스가 항의했다.

"시를 읽어 보라."

왕이 말했다.

"폐하, 어디서부터 시작할까요?"

흰토끼가 안경을 쓰고 물었다.

"처음부터 시작해서 끝까지 읽은 다음에 멈춰."

왕이 아주 엄숙하게 대답했다.

법정에 정적이 감도는 가운데 흰토끼가 시를 읽어 나갔다.

그들이 내게 말하길, 네가 그녀에게 갔고

그에게 내 얘기를 했다고.

그녀는 나를 칭찬했다네.

하지만 내가 수영은 못한다고 했다네.

그는 그들에게 내가 가지 않았단 말을 전했지.

(우리는 그 말이 사실이란 걸 알지.)

그녀가 그 문제를 계속 밀어붙이면,

넌 어떻게 될까?

나는 그녀에게 하나를 주었고 그들은 그에게 둘을 주었네.

넌 우리에게 셋 이상을 주었지.

그들은 모두 그에게 주었던 것을 네게 돌려주었지.

그것들은 전에는 내 것이었는데 말이지.

나나 그녀가 혹시라도

이 일에 말려든다면,

그는 네가 그들을 풀어 줄 것이라고 믿지.

우리가 예전에 그랬듯이.

내 생각에는 네가 바로

(그녀가 이렇게 격노하기 전에는)

그와 우리 그리고 그것 사이를

가로막는 장애물이었어.

그녀가 그들을 가장 좋아한다고 그에게 알리지 마.

왜냐하면 이것은

다른 사람들은 몰라야 할 비밀.

바로 너와 나만의 비밀.

"이제까지 들은 것 가운데 가장 중요한 증거로군. 그러니 이제 배심원들은……."

왕이 두 손을 맞비비며 말했다.

"이 시를 설명할 수 있는 배심원이 한 명이라도 있다면."

앨리스가 끼어들었다.(앨리스는 지난 몇 분 사이에 엄청나게 커져서 이제 왕이 말하는 중간에 끼어드는 것쯤은 하나도 무섭지 않았다.)

"그 배심원에게 6펜스를 주겠어요. 내가 보기에 그 시에는 티끌만큼의 의미도 없어요."

배심원들은 모두 석판에 '그녀는 그 시에 티끌만큼의 의미도 없다고 한다.'고 썼지만 어느 누구도 그 시에 대해 설명하려고 나서지 않았다.

"그 시에 아무 의미가 없다면 애써 의미를 찾을 필요가 없으니 수고로움을 덜겠군. 하지만 난 아직 확신이 서질 않아."

왕이 무릎에 시를 펼쳐
놓고 한쪽 눈으로 보며
말을 이어 갔다.

"내가 볼 땐 이 시에 뭔
가 의미가 있는 것 같거
든. '내가 수영은 못한다고
했다네.' 하는 부분 말인
데, 넌 수영을 못하지 않
느냐?"

왕이 잭을 보며 물었다.

잭이 슬프게 고개를 끄
덕이며 대답했다.

"제가 수영을 좋아할
것처럼 보입니까?"(잭은

몸 전체가 종이 판지로 만들어져 있었으므로 그의 대답은 틀림없이 수영을 못한다는 뜻이었다.)

"지금까지는 좋아."

왕이 이렇게 말하고는 시를 혼자 중얼거리기 시작했다.

"'그 말이 사실이란 걸 우리는 알지.' ……우리란 건 당연히 배심원이고. '그녀가 그 문제를 계속 밀어붙이면' ……그녀는 틀림없이 여왕이야. '넌 어떻게 될까?' ……정말 어떻게 된다는 거지? '나는 그녀에게 하나를 주었고 그들은 그에게 둘을 주었네.' 그래 이건 잭이 타르트를 어떻게 처리했는지 말해 주는 게 분명해……."

"하지만 뒤에 '그들은 모두 그에게 주었던 것을 네게 돌려주었지.'라고 나오잖아요."

앨리스가 말했다.

"하지만 저기에 타르트가 있잖아! 저것보다 더 확실한 증거는 없어."

왕이 탁자 위의 타르트를 가리키며 의기양양하게 말을 이어 나갔다.

"그다음에 또 '그녀가 이렇게 격노하기 전에는'이 나오지. 여보, 당신은 전혀 '격노'했던 적이 없잖소?"

왕이 여왕에게 물었다.

"전혀 없죠!"

여왕이 발끈 화를 내며 도마뱀 빌에게 잉크병을 집어 던졌다.(불운하고 조그만 도마뱀 빌은 석판에 손가락으로 글을 써 봤자 흔적이 남지 않는다는 사실을 알고 석판에 글을 쓰는 것을 그만둔 상태였다. 하지만 이제 얼굴을 타고 줄줄 흘러내리는 잉크를 이용해 그 잉크가 다할 때까지 서둘러 다시 글을 쓰기 시작했다.)

"'경로'했던 적이 없었다면 또 모를까."

왕이 이렇게 말하고는 씩 웃으며 법정을 둘러봤다. 법정 안에 쥐 죽은 듯한 침묵이 감돌았다.

"말장난 좀 쳤노라!"

왕이 기분 상한 목소리로 덧붙이자 다들 웃음을 터뜨렸다.

"배심원들은 평결을 내리도록 하라."

왕이 말했는데 그날에만 벌써 스무 번쯤은 한 말이었다.

"아니, 아니죠! 처형이 먼저고…… 평결은 그 뒤죠."

여왕이 말했다.

"순 엉터리! 처형을 먼저 하다니!"

앨리스가 큰 소리로 말했다.

"닥치지 못할까!"

여왕은 얼굴이 시뻘게져서 고함쳤다.

"싫어요!"

"저 애의 목을 쳐라!"

여왕이 있는 힘을 다해 소리 질렀다. 아무도 움직이지 않았다.

“누가 당신네 말에 신경이나 쓴대요?”

앨리스가 소리쳤다.(이때쯤 앨리스는 자신의 본래 키로 돌아와 있었다.)

“당신네는 그저 트럼프 카드에 불과한데!”

앨리스의 말에 모든 카드가 일제히 공중으로 치솟아 오르더니 앨리스에게로 내리꽂히듯 쏟아져 날아들었다. 앨리스는 놀랍기도 하고 화가 나기도 해서 조그맣게 비명을 내지르며 카드들을 쳐 내려고 하다가, 문득 자신이 강둑에서 언니의 무릎을 베고 누워 있다는 사실을 깨달았다. 언니가 나무에서 앨리스의 얼굴로 떨어져 내린 낙엽들을 살며시 털어 내고 있었다.

“애, 앨리스, 이제 그만 일어나! 아니, 무슨 낮잠을 그렇게 많이 자니!”

언니가 말했다.

“와, 정말 이상한 꿈을 꿨어!”

앨리스가 말했다. 그러고는 여러분이 방금 막 읽은 이상한 모험 이야기를 기억나는 대로 모두 언니에게 들려줬다. 앨리스가 이야기를 마치자 언니가 앨리스에게 입을 맞추며 말했다.

“정말 이상한 꿈이네, 앨리스. 하지만 이제 얼른 차 마시러 뛰어가렴. 늦겠어.”

그래서 앨리스는 자리에서 일어나 힘껏 달려가며 생각했다. 정말로 멋진 꿈이었다고.

하지만 앨리스의 언니는 앨리스가 돌아가고 난 후에도 그대로 가만히 앉아 손으로 턱을 괴고 지는 해를 바라보았다. 그리고 어린 앨리스와 앨리스의 멋진 모험 이야기를 생각했다. 그러다 앨리스의 언니도 얼핏 꿈을 꾸기 시작했는데 그 꿈은 이러했다.

처음에 앨리스의 언니는 어린 앨리스의 꿈을 꾸었다. 다시 한 번 앨리스가 조그만 두 손을 깍지 껴 언니의 무릎에 올려놓은 채 눈을 열심히 반짝거리며 올려다보고 있었다. 앨리스의 언니에게는 앨리스의 목소리가 또렷이 들렸고, 자꾸만 눈을 찌르며 흘러내리는 머리카락을 뒤로 넘기려고 머리를 살짝 젖히는 모습이 보였다. 그리고 여전히 동생의 이야기를 듣고 있었는데 아니, 듣고 있는 것 같았는데, 자기 주위의 모든 곳에서 동생이 꿈에서 봤다는 이상한 생물들이 살아 움직이기 시작했다.

앨리스 언니의 발치에 있던 키 큰 풀에서 바스락거리는 소리가 나더니 흰토끼가 허둥지둥 지나갔다. ……겁먹은 생쥐가 첨벙거리며 근처의 웅덩이에서 헤엄치고 있었다. ……삼월 토끼와 그의 친구들이 끝도 없이 차를 마셨고 찻잔이 달그락거리는 소리가 들렸다. 그러더니 자기가 초대한 불운한 손님들을 처형하라고 명령을 내리는 여왕의 날카로운 고함 소리가 들렸다. ……또다시 돼지 아기가 공작 부인의 무릎에서 재채기를 하고 있었고 그러는 동안 접시와 그릇들이 아기 주위에서 산산이 깨졌다. ……그리펀이 날카롭게 외치는 소리와 도마뱀 빌의 연필이 석판

을 긁어 끽끽거리는 소리, 진압된 기니피그가 숨이 막혀 캑캑거
리는 소리가 가련한 가짜 거북이 흐느껴 우는 소리와 한데 뒤섞
여 대기를 가득 채웠다.

그렇게 앨리스의 언니는 눈을 감고 앉아 자신이 이상한 나라
에 와 있다고 반쯤은 믿게 되었다. 하지만 다시 눈을 뜨기만 하
면 모든 것이 단조로운 현실로 바뀔 것이라는 사실을 잘 알고 있
었다. ……풀이 바스락거리는 것은 오직 바람 때문일 것이고,
웅덩이에서 잔물결 이는 소리가 나는 것은 흔들리는 갈대 때문
일 것이다. ……찻잔이 달그락거리는 소리는 양의 목에 달린 방
울이 딸랑거리는 소리로 바뀔 것이고, 여왕의 날카로운 고함 소
리는 양치기 소년의 목소리로 바뀔 것이다. ……그리고 돼지 아
기의 재채기와 그리핀의 날카로운 소리 그리고 다른 모든 이상
한 소리들은 분주한 농가의 떠들썩한 온갖 소음으로 바뀔 것이
다.(앨리스의 언니는 이 사실을 잘 알고 있었다.) 그와 동시에
음매 하는 소 울음소리가 가짜 거북의 무거운 흐느낌을 대신할
것이다.

마지막으로 앨리스의 언니는 자신의 어린 동생이 장차 자라
서 어떤 여인이 될지 마음속으로 그려 보았다. 한결 성숙해진 자
기 동생이 어린 시절의 순진하고 사랑스런 마음을 어떻게 계속
간직해 나갈지를 말이다. 자신의 아이들을 모아 놓고 수많은 이
상한 이야기로, 아마도 오래전 꿈속에서 보았던 이상한 나라에
대한 이야기로, 얼마나 그 아이들의 눈을 열정적으로 반짝거리

게 만들지를 생각했다. 그리고 자신의 어린 시절과 행복했던 여름날을 떠올리면서 그 아이들의 순수한 슬픔을 느끼고 그 아이들의 순수한 기쁨 속에서 즐거움을 찾는 앨리스의 모습을 상상해 보았다.

영원한 뮤즈 앨리스를 위하여

1. 『이상한 나라의 앨리스』의 탄생 비화

1862년 어느 화창한 여름날, 리델 가의 세 자매는 아버지의 지인 도지슨 아저씨와 강물 위를 유유히 떠돌며 뱃놀이를 하다가 지루해져서 재미있는 이야기를 해 달라고 조른다. 아저씨는 자매 중 둘째인 앨리스 리델을 주인공으로 해서 재미있는 모험 이야기를 즉흥적으로 지어 들려주었고, 후에 그 이야기를 직접 손으로 쓰고 삽화까지 그려 넣어 책으로 만들어 선물했다. 바로 그 책이 『이상한 나라의 앨리스』로, 오랫동안 전 세계 사람들의 사랑을 받아 온 최고의 고전은 그렇게 한 소녀를 위한 선물에서 비롯되었다.

그때 세 자매에게 이야기를 들려주고 책으로 만들어 선물한 사람이 바로 루이스 캐럴이다. 영국의 동화작가이자 수학자인 그의 본명은 찰스 럿위지 도지슨으로 옥스퍼드 대학교의 단과 대학인 크라이스트 처치에서 수학을 공부한 뒤 그곳에서 수학을 가르쳤다. 그러던 중 그곳으로 새로 부임한 헨리 리델 학장과 친분을 쌓게 된다. 취미가 사진 찍기였던 캐럴이 학장의 정원에서 사진을 찍던 1856년 어느 날, 리델 학장의 둘째 딸인 세 살배기 꼬마 앨리스 리델과 운명적으로 만나게 된다. 캐럴은 리델 가족과 교류하며 아이들에게 체스 게임이나 크로케 경기를 가르쳐 주기도 하고 같이 산책이나 뱃놀이를 즐기기도 했다. 그리고 뱃놀이에서 즉흥적으로 들려준 이 동화와 후속편인 『거울 나라의 앨리스』로 캐럴은 불멸의 명성을 얻게 되었다. 이처럼 둘의 만남은 아동문학사에, 나아가 넌센스 문학사와 환상 문학사에 길이 남을 사건이었다. 이 책은 빅토리아 여왕 시대였던 출간 당시, 교훈적인 동화에 질려 있던 어린이들뿐만 아니라 어른들에게까지 인기를 끌었는데 열렬한 독자 가운데는 빅토리아 여왕과 오스카 와일드 같은 유명 작가도 있었다. 이렇게 캐럴은, 1865년 처음 출간된 이후로 150여 년의 세월 동안 전 세계에 걸쳐 널리 사랑을 받으며 만화, 연극, 영화, 발레, 뮤지컬 등의 다양한 장르로 각색되어 시대와 세대를 아우르는 인기를 누려 온 위대한 작품을 남긴 작가가 되었다.

그에게 있어 특이할 만한 점은 어린 소녀들에 대한 관심이 많았다는 점이다. 그 흔한 연애 사건 한 번 없이 평생을 독신으로 살았던 그는 내성적인 성격에 수줍음이 많고 말을 더듬는 버릇까지 있어서 사람들 앞에 나서기를 꺼렸다. 하지만 어린 소녀들과 있을 때는 편안하고 즐거웠으며 말도 곧잘 했다. 그의 가장 큰 기쁨은 어린 소녀와 친구가 되어 그녀를 즐겁게 해 주는 일이었다. 어찌 보면 집착이나 롤리타 콤플렉스를 지닌 인물로도 치부할 수 있을 정도로, 어린 소녀들과 만남을 가졌고 초상화를 그렸으며 인물 사진이나 누드 사진을 찍었다. 하지만 어린 소녀들과의 관계에서 순수한 마음 외에 다른 흑심을 품었다거나 하는 증거는 없다. 또한 그와 알고 지내던 소녀들도 부적절한 일은 전혀 없었다고 회상했다. 앨리스에 대한 캐럴의 감정이 어린 소녀에 대한 순수한 사랑이었는지 여인에 대한 사랑이었는지 우리는 전혀 알 길이 없다. 다만 앨리스 어머니의 분노를 사게 되어 그가 앨리스에게 보냈던 편지들이 모두 불태워지고 리델 가족과 의절하게 되었다는 사실, 캐럴의 일기 중 의절하던 날 부분을 캐럴의 가족 가운데 누군가가 찢어 버렸다는 사실을 통해 둘을 둘러싼 모종의 일이 있지 않았을까 하고 추측만 할 따름이다. 책은 성공을 거두고 유명세를 얻었으나 사랑하는 앨리스 가족과의 관계는 파국을 맞고 만 것이다.

앨리스에 대한 그의 감정이 어린 친구에 대한 순수한 우정이었건 여인에 대한 사랑이었건 그 덕택에 아동문학의 고전이자 불멸의 환상 문학을 만날 수 있게 되었으니 독자로서는 참으로 감사할 따름이다. 그가 일기에서 '단지 사랑하는 한 아이를 기쁘게 해 주기 위해서' 이 책을 썼다고 밝히고 있듯, 작가의 영원한 뮤즈 앨리스가 없었다면 독자들은 이 작품을 만나지 못했을지도 모를 노릇이다.

이런 탄생 비화 때문에 앨리스의 모델이 된 앨리스 리델에 대한 관심도 지대해 그녀의 삶에 대한 연구도 활발하다. 그녀는 레지날드 하그리브스와 결혼했지만 남편의 빚 때문에 우울한 중년을 보냈고 급기야는 캐럴이 선물한 원본을 경매에 내다 팔고 말았다. 경매 이후 미국으로 건너갔던 원본은 현재는 다시 영국으로 돌아와 영국국립도서관에 소장되어 있다. 그녀의 묘비에는 '『이상한 나라의 앨리스』의 앨리스'라고 새겨져 있다. 그녀 또한 루이스 캐럴 그리고 〈앨리스〉 시리즈와 함께 불멸의 삶을 살게 된 셈이다.

『이상한 나라의 앨리스』를 이야기할 때 빼놓을 수 없는 또 한 명의 인물이 바로 그림을 그린 존 테니얼 경이다. 그는 당시에도 유명한 시사 만화가이자 삽화가였지만 그런 그에게도 이 책의 삽화를 그리는 작업 과정은 순탄하지 않았다. '그림도 없는 책을 대체 어디에다 쓴담?'이라던 책 속 대사처럼, 캐럴도 그림을 중요하게 생각했다. 그래서 꼼꼼하고 고집스럽게 세세한 부분까지 요구하고 사사건건 참견을 하는 바람에 테니얼은 〈앨리스〉 시리즈의 삽화를 그리며 이만저만 고생한 것이 아니었다. 하지만 그렇게 애쓴 만큼 글과 더할 나위 없이 완벽한 조화를 이룬 그림이 탄생했다. 캐럴의 고집스러움과 테니얼의 솜씨가 어우러져 빚어

낸 그림은 글과 떼려야 뗄 수 없는 관계가 되었고, 그 후로도 수많은 삽화가들이 새롭게 그림을 그렸지만 『이상한 나라의 앨리스』하면 생생하게 떠오르는 이미지들은 모두 테니얼이 그린 것들이다.

2. 루이스 캐럴의 말장난과 번역가의 고민

사실 『이상한 나라의 앨리스』는 빅토리아 시대에 만연해 있던, 교훈을 주려는 목적의 어린이책에 반기를 들고 재미를 주기 위한 목적으로 쓰였다. 그래서 패러디 시 가운데는 어린이들에게 교훈을 주기 위한 목적으로 쓰인 내용을 풍자하고 비판하는 부분도 있다. '설명은 지겹다며 모험 이야기를 먼저 들려 달라.'고 하던 그리핀의 말에는 이런 캐럴의 생각이 잘 드러난다. 이 작품은 강가에서 따분한 시간을 보내던 앨리스가 흰토끼를 쫓아 토끼 굴속으로 뛰어들어 이상한 환상의 나라를 떠돌며 겪게 되는 모험담이다. 앨리스가 커졌다 작아졌다 하며 겪는 에피소드, 엉뚱하거나 괴팍하지만 하나같이 매력적인 등장인물, 기발하고 재치 넘치는 말장난, 패러디 시와 노래까지 어느 것 하나 놓쳐서는 안 될 요소들이다.

그 가운데서도 이 작품을 더욱 빛나게 하는 것은 바로 루이스 캐럴 특유의 말장난이다. 언어를 갖고 노는 그의 재능 앞에 감

탄이 절로 나오지만 번역가로서는 사실 난감하다. 이 작품의 번역이 백이면 백, 번역가마다 다를 수밖에 없는 이유도 바로 이것 때문이다. 혹자는 이런 이유 때문에 이 작품을 번역 불가능한 책이라고 했지만 오히려 그 때문에 더 많은 번역 시도가 있어 온 것도 사실이다. 현재까지 100여 개의 언어로 번역되었으며 같은 언어로도 여러 권, 같은 번역가가 여러 번 번역하기도 했으니 전 세계에『이상한 나라의 앨리스』의 번역본은 셀 수 없이 많을 것이다. 우리나라만 하더라도 대상 연령에 맞게 각색된 번역서부터 말장난에 대한 자세한 설명을 단 번역서에 이르기까지 이미 많은 번역본이 존재한다. 어떻게 보면 번역가에게 도전 의식을 불어넣기도 하고 좌절감을 안기기도 하는 책이 바로『이상한 나라의 앨리스』가 아닐까 한다.

가령 '배를 많이 먹어 배가 불러 배를 탈 수 없다.'거나 '사과 맛있게 먹고 사과를 받아 줘.' 같은 우리말 말장난을 다른 언어로 번역해야 할 때 그 뜻과 재미를 모두 살린 말장난으로 번역이 불가능하다고 주장하는 사람이 있는 반면, 약간의 문장 훼손은 피할 수 없지만 말장난을 살려서 번역하고자 하는 사람도 있을 것이다. 또는 그냥 있는 그대로 풀어 놓고 주석을 달아 설명하는 식으로 번역하는 사람도 있을 것이다.

이처럼 캐럴의 재기발랄한 말장난을 어떤 식으로 번역할 것인가 하는 선택의 기로에서 나는 캐럴이 이 동화를 처음 만들던 그때를 떠올렸다. 그래서 이 책에서는 캐럴이 뱃놀이에서 즉흥적으로 이야기를 지어냈던 당시의 목적과 느낌을 살리기로 했다. 즉 '심심해하는 사랑스런 아이를 위한 재미있고 신 나는 모험 이야기'에 오롯이 초점을 맞춰 가능한 해설을 배제하고, 원서에서의 말장난 부분은 우리말로도 말장난으로 번역하고자 노력했다. 물론 어쩔 수 없이 옮긴이의 주를 달아 해설을 한 경우도 있지만 부디 억지스럽지 않은 번역으로 받아들여졌으면 좋겠다.

3. 무궁무진한 『이상한 나라의 앨리스』의 매력과 의미

패러디 시와 노래도 이 작품의 빼놓을 수 없는 매력이다. 그 당시를 살았던 사람이라면 누구나 아는 유명한 노래와 시를 비틀고 꼬았기 때문에 당시의 독자들에게는 풍자가 가득한 재미있는 부분이 아닐 수 없다. 예를 들면 '아이를 다정하게 사랑으로 키워야 한다.'는 내용의 시를 '말 안 듣는 아이는 패 줘야 한다.'는 노래로 바꿔 부르며 패러디하고 있다. 하지만 우리나라의 독자들에게는 「반짝반짝 작은 별」을 제외하고는 모두 생소한 시와 노래라는 점이 아쉽다. 그러나 영어권 독자라고 하더라도 과거의 독자들은 보자마자 바로 이해하고 크게 웃었을 풍자시를, 현대의 독자들은 전혀 모르는 것이 당연하다. 그렇기 때문에 이 책을 원서로 읽지 않았다고 해서 낭패감을 느낄 것은 없다. 다른 시대, 다른 언어권에 사는 사람에게는 번역 못지않게 책 읽기도 하나의 도전이고 숙제인 셈이다.

또한 이 작품 속에는 그 당시 사회나 정치에 대한 풍자도 깃들어 있다. 코커스 경주가 당시 정치 세태에 대한 풍자를, 모자 장수와 삼월 토끼는 영국의 양대 정당을, 겨울잠쥐는 그 사이에 낀 국민을 상징한다는 것은 널리 알려진 해설이다. 눈물 웅덩이 부분에 나오는 도도새는 말을 더듬는 캐럴 자신, 앵무새는 앨리스 리델의 언니 로리나, 새끼 독수리는 앨리스 리델의 동생 에디스, 당밀 우물의 세 자매는 리델 자매들을 반영한 것이며, 앨리스가 토끼 굴속으로 들어가는 날인 5월 4일이 앨리스 리델의 생일이라는 사실처럼 캐럴과 리델 가족만이 알고 있었던 정보도 이제는 대중들에게 잘 알려져 있다. 이 작품에 대한 관심만큼이나 연구와 분석도 끝없이 이어져서 정신 분석학적, 수학적, 심리학적, 정치적 해석과 설명이 줄을 잇는다. 또한 세세하게는 재미 삼아 삽화 속의 숨은 그림을 찾기도 하고(하트 여왕과 앨리스가 처음 만나는 장면에서 흰토끼 찾기), 오류를 찾기도 한다(흰토끼가 입은 조끼가 처음에는 아무 무늬도 없었지만 나중에는 체크무늬 조끼로 바뀌어 있다.). 심지어는 캐럴과 세 자매가 뱃놀이를 했던 1862년 7월 4일의 날씨가 정말로 화창했는지에 대해서까지 연구되고 있으니, 이제는 부수적으로 캐럴의 글과 삶에 대한 책, 전기, 사진, 삽화, 앨리스 리델의 전기까지 실로 다양한 자료를 접할 수 있다.

너무나 깊이 파고 들어가는 연구로 인해 작품 본연의 내용보다는 분석과 비평에 치중하고, 어쩌면 캐럴이 전혀 의도하지도 않았던 의미까지 찾아내서 후대 사람들이 확대 해석하고 비평하고 있는지도 모른다. 하지만 이 동화 속에 숨겨진 세세한 부분 하나하나까지 궁금한 독자들은 주석이 많이 달린 책이나 자료를 찾아 읽어도 좋을 것이다.

또한 놓치지 말아야 할 작품이 후속편인『거울 나라의 앨리스』다. 제목에서 예상할 수 있듯 후속편에서는 앨리스가 거울 속 나라로 모험을 떠난다. 체스 게임을 이용한 이야기 전개로 캐럴의 수학자다운 면모가 더욱 잘 드러나는, 조금 더 체계적인 모험 이야기다. 물론 체스를 몰라도 충분히 즐길 수 있는 이야기 구조이니 앨리스의 매력에 빠진 독자라면 절대 후회 없는 선택이 될 것이다.

'환상 문학의 효시'라는 문학사적 의의를 굳이 들먹이지 않아도,『이상한 나라의 앨리스』는 재미라는 든든한 토대 위에 여러 다양한 매력이 어우러져 시간이 갈수록 더욱 진가를 발휘하고 있다. 또한 수많은 작가들에게 영감을 주고 훌륭한 자양분이 되

〉〉〉

어 〈반지의 제왕〉 시리즈나 〈해리 포터〉 시리즈 같은 후대 판타지 문학과 난센스 문학에 막대한 영향을 끼쳤다. 『성경』, 『코란』, 셰익스피어의 작품 다음으로 세계에서 가장 많이 인용되고 알려진 작품이니 어찌 보면 당연한 일이겠지만, 앨리스를 모티프로 차용했거나 앨리스에 대한 오마주를 담은 작품들이 계속해서 쏟아지고 있다. T. S. 엘리엇의 시, 제임스 조이스와 올더스 헉슬리의 소설, 미야자키 하야오 감독의 영화, 살바도르 달리의 그림과 조각, 영화 〈매트릭스〉, 컴퓨터 게임 등 분야도 문학에만 국한되지 않고 문화 예술 전반에 걸쳐 있다. 이제 앨리스는 루이스 캐럴만의 뮤즈가 아닌 전 세계 예술가들과 독자들의 뮤즈가 된 것이다. 위대한 고전이 또 다른 위대한 작품을 탄생시키는 매개가 되듯, 지금 이 순간도 누군가의 손에 쥐어진 이 책이 미래의 걸작 탄생을 예고하고 있는지도 모를 일이다.

4. 각자가 자신만의 뮤즈, 앨리스를 만나는 시간

'모험 이야기가 끝난 뒤에 따분한 설명을 했으니' 이렇게 장황한 역자의 해설이 조금은 용서가 되었으면 좋겠다. 개인적으로 이 작품을 번역하는 시간은 따분함과는 거리가 먼 즐거운 시간이었다. 산책길에 동네 연못을 돌며 앨리스의 뱃놀이와 눈물 웅덩이에서 헤엄치던 앨리스를 그렸고, 언덕 꼭대기로 삐죽 솟은 나무에 지어진 새집을 보며 그 위로 목이 길게 올라와 비둘기에게 공격당하는 앨리스의 모습을 상상했다. 살랑거리는 바람, 바스락대는 풀잎, 출렁이는 물결을 보며 앨리스의 언니처럼 앨리스가 모험하는 장면 하나하나를 떠올리며 미소짓기도 했다. 그야말로 앨리스 덕분에 마음속 동심이 살아나는 순간이었다. 내게 있어 이 책의 번역이 내 안의 앨리스를 찾아 떠난 참으로 행복했던 여행이었듯, 이 책이 다른 모든 이의 동심을 자극하고 상기시키는 작품이 되었기를 바란다. 명작이 갖는 힘은 한 번 읽고 그냥 잊히는 것이 아니라 읽을 때마다 예전에는 미처 몰랐던 새로운 매력과 의미를 발견하게 되고 여러 번 계속해서 읽어도 질리지 않는다는 점이다. 그리고 각자의 기분, 나이, 처한 상황 등에 따라 그때그때 새롭게 와 닿는 것이다. 제목만 알고 있다가 제대로 읽기는 처음인 독자든 여러 번 읽은 마니아든 이 책을 통해 마음에 영원히 간직될 자신만의 앨리스를 만나는 소중하고 행복한 시간이 되었으면 좋겠다.

—옮긴이 황윤영

《루이스 캐럴 연보》

1832년 1월 27일 영국 체서 지방에서 사제인 아버지 찰스 도지슨과 어머니 프랜시스 제인 럿위지의 4남 7녀 중 셋째이자 맏아들로 태어남. 본명은 찰스 럿위지 도지슨.

1843년 찰스 도지슨이 요크셔 지방에 있는 크로프트의 주임 사제로 임명받음. 온 가족이 크로프트의 사제 저택으로 이사하여 살게 됨.

1844년 리치먼드의 문법 학교에서 1년여 동안 기숙사 생활을 함. 라틴어 시 작문에 뛰어난 재능을 보임. 이때까지 아버지에게 라틴 어, 문학, 수학 등을 배움.

1845년 형제자매들을 위해 재미있는 시를 짓거나 당대 유행하던 시를 패러디하고 직접 삽화를 그려 여러 권의 가족 잡지를 만들었음. 첫 번째 권인『유용하고 교훈적인 시집』은 1954년에 출간됨.

1846년 영국에서 가장 유명한 학교 중 하나인 럭비 학교에서 기숙사 생활을 시작하지만 적응에 어려움을 겪음. 수줍음이 많고 말을 더듬는 버릇이 있어 학우들로부터 놀림을 받았는데, 캐럴은 훗날 이 시기를 '어떤 이유로든 다시는 돌아가고 싶지 않은 시절'이라고 회상함. 교우 관계는 순탄하지 않았지만 학업에 있어서는 우수한 성적을 유지하며 고전, 신학, 수학 등의 과목에서 두각을 나타냄.

1850년 럭비 학교를 졸업한 뒤 집에서 1년 동안 아버지로부터 교육을 받으며 옥스퍼드 대학 입학 자격시험을 준비함. 5월 23일에 옥스퍼드 대학의 단과 대학인 크라이스트 처치의 입학 허가를 받음.

1851년 옥스퍼드 대학에 입학하여 크라이스트 처치 기숙사에 들어갔지만 며칠 뒤에 어머니가 갑자기 세상을 떠남. 캐럴은 커다란 충격과 상실

감 속에서 크로프트로 돌아와 장례식을 치름.

1852년 크라이스트 처치의 장학금을 받으며 단과 대학의 스튜던트(연구원)로 임명됨. 스튜던트가 되면 평생 동안 대학에서 살 권리가 주어지지만 성직자가 되어 독신으로 지내야 하는 의무 조항도 있었음.

1854년 12월 우수한 수학 성적을 자랑하며 대학교를 졸업함.

1855년 대학 도서관의 부관장을 맡고 학부생의 튜터(지도 교사)로 임명되어 수학 강의를 시작함. 여러 지면에 시와 산문을 발표하기 시작함.

크라이스트 처치의 학장 토머스 게이스포드가 숨을 거두고 후임으로 헨리 조지 리델이 부임해 옴.

1856년 잡지 〈트레인〉에 시 「고독」을 발표하면서 필명인 '루이스 캐럴'을 처음으로 사용함.

4월 25일 리델 학장의 네 살배기 딸 앨리스 리델과 첫 만남을 가짐.

1860년 초보자들을 위한 각종 수학 입문서를 집필.

1861년 리델 학장은 대학의 행정적, 종교적 개혁을 추구하였고 캐럴은 이에 반대하는 풍자시를 발표함.

12월 22일 옥스퍼드 대학 주교로부터 부제서품을 받고 부제에 임명됨. 이후 30여 년 동안 같은 방에서 독신으로 살며 옥스퍼드 대학의 수학 교수로 지냄.

1862년 7월 4일 리델 학장의 세 딸과 동료 로빈슨 덕워스와 함께 뱃놀이를 나감. 소녀들에게 〈앨리스〉 시리즈의 원형이 된 모험 이야기를 들려줌. 캐럴이 '황금빛 오후'라고 기록한, 그의 일생에서 가장 중요하고 소중했던 이날의 실제 날씨는 당시 영국 기상 관측에 의하면 약간 쌀쌀

하고 비가 내렸다고 함.

1864년 캐럴은 〈앨리스〉 시리즈의 시발점이 된 이야기 『지하 세계의 앨리스』를 직접 손으로 쓰고 삽화를 그려 크리스마스에 앨리스 리델에게 선물함. 리델은 이후 65년 동안 캐럴의 필사본을 간직함.

1865년 7월 4일 『지하 세계의 앨리스』의 이야기를 발전시키고 존 테니얼의 삽화 42개를 곁들여 『이상한 나라의 앨리스』로 출간. 하지만 인쇄 상태가 좋지 못해 초판을 모두 폐기함.

1865년 11월 『이상한 나라의 앨리스』를 다시 제작하여 재출간함. 출간 직후 비평가와 독자들에게 호평을 받으며 작품성과 흥행성을 동시에 획득함.

1867년 6월 24일 짧은 콩트 「브루노의 복수」를 발표함. 이후 이 작품은 〈실비와 브루노〉 시리즈의 바탕이 됨.

7월 13일 오랜 친구 헨리 리든과 함께 두 달에 걸쳐 러시아 여행을 떠남. 여행에서 돌아온 후 『이상한 나라의 앨리스』의 속편을 고민하기 시작하고 1869년 크리스마스 즈음에 출간할 계획을 세움.

1868년 6월 21일 아버지 찰스 도지슨 부주교가 사망함. 가족을 길포드에 정착시킴.

1869년 캐럴의 익살과 진중함을 동시에 엿볼 수 있는 시집 『환상』 출간.

1871년 『이상한 나라의 앨리스』의 후속편 『거울 나라의 앨리스』가 크리스마스 때 출간되어 다음 해 1월까지 1만 5천 부 이상 팔려 나감.

1874년 그동안 자신이 쓴 팸플릿을 모아 엮은 『한 옥스퍼드 젊은이의 비망록』 출간.

1876년 4월 1일 산문시집 『스나크 사냥』을 출간함. 출간 직후 영국에서는 큰 호응을 얻지 못했지만 루이스 캐럴을 '초현실주의의 선구자'로 각인시키는 대표작 중 하나가 됨.

1877년 이스트본의 바닷가에서 첫 여름 휴가를 보냄. 이때부터 거의 20년 동안 해마다 여름을 이스트본에서 보냄.

1879년 본명으로 수학 서적 『유클리드와 현대의 맞수들』 출간.

1881년 11월 30일 크라이스트 처치 수학과 교수직에서 사퇴함.

1882년 크라이스트 처치의 커먼 룸(교수 클럽)의 관리자가 됨.

1883년 시집 『시? 그리고 이성?』 출간.

1886년 12월 23일 런던 프린스 오브 웨일스 극장에서 오페라 〈이상한 나라의 앨리스〉를 초연함. 『앨리스의 땅속 모험』 출간.

1889년 환상 소설 『실비와 브루노』 출간.

1890년 5세 이하의 유아 독자들을 위한 『이상한 나라의 앨리스』를 기획함. 분량을 대폭 줄이고 그림 설명을 더하여 『자장가 앨리스』를 출간.

1892년 커먼 룸의 관리자 자리에서 물러남.

1893년 『실비와 브루노 완결편』 출간.

1896년 수학 서적 『상징적 논리』 출간.

1898년 1월 14일 1월 초 『상징적 논리』의 후속편을 집필하던 도중에 독감이 기관지염으로 악화되었고 결국 65세의 나이로 세상을 떠남. 길포드 묘지에 묻힘.

루이스 캐럴 1832년 영국 체셔에서 태어났다. 본명은 찰스 럿위지 도지슨이며, 루이스 캐럴은 문학 작품을 발표할 때 사용하던 필명이다. 럭비 학교를 거쳐 옥스퍼드 대학의 단과 대학인 크라이스트 처치에서 교육을 받았고 이후 그곳에서 수학 교수가 되어 30여 년간 근무했다. 펴낸 책으로 환상 문학 『실비와 브루노』, 『스나크 사냥』, 시집 『환상』 등이 있다. 그의 대표작 『이상한 나라의 앨리스』와 『거울 나라의 앨리스』는 아동청소년문학사와 영문학사에 커다란 획을 그은 작품으로 평가받으며, 남녀노소를 가리지 않고 전 세계 수많은 독자들의 사랑을 독차지하고 있다.

존 테니얼 1820년 영국에서 태어나 영국 왕립 아카데미에서 교육을 받았다. 풍자 잡지인 〈펀치〉의 삽화가로 활동하고 『이솝 우화』에 삽화를 그려 평론가와 대중의 주목을 받기 시작했다. 그러던 중 루이스 캐럴로부터 직접 『이상한 나라의 앨리스』의 삽화를 그려 줄 것을 부탁받았다. 그들의 공동 작업은 순탄치 않았지만 결과물은 최고의 찬사를 받았으며 이후 『거울 나라의 앨리스』까지 함께 작업하게 되었다.

황윤영 성균관대학교 번역대학원을 졸업한 후, 현재 아동청소년문학 전문 번역가로 활동하고 있다. 그동안 옮긴 책으로 『내가 사랑한 야곱』, 『탠저린』, 『오디세이』, 『지킬 박사와 하이드』, 『이상한 나라의 앨리스』, 『거울 나라의 앨리스』 등이 있다.